「ど、どうしたの海斗？　何か変かしら？」

「変っていうか、うん、いいと思うけど……何ていうかその、大胆な水着だね」

「……ええっ？」

玲奈は間の抜けた声を出し、
それから何度か瞬きをした。

それからみるみるうちに顔が赤くなっていく。

Otoha momose
桃瀬音羽 ／花村紗良 役
若年層を中心に大人気のシンガーソングライター。
実は玲奈の熱狂的なファン。
Rena mizusawa
水沢玲奈 ／星宮あかり 役
今を時めく天才若手女優。表向きは何でもできる
完璧女優として見られているが、海斗の前では
臆病で甘えたがりな素顔を見せる。今回意外な
弱点も発覚し、海斗に協力を求める。

ロケの合間に
線香花火対決！
Kaito amano
天野海斗／赤井明久 役
共演者の良さを引き出すことに長ける若手俳優。
『初恋の季節』で玲奈と共演し、その演技が評判
になったことで一躍注目を集めるようになる。

『俺は、あかりのことが大好きなんだっ！
その気持ちは、ずっと変わらないっ！』
僕と明久の気持ちは、どちらも、
激しく燃え上がる強烈な感情だった。
理性ではない。感情が、僕の身体を突き動かしていた。
そして僕は、玲奈をぎゅっと抱きしめていた。

天才女優の幼馴染と、キスシーンを演じることになった2

雨宮むぎ

HJ文庫
1172

口絵・本文イラスト　Ｋｕｒｏ太

CONTENTS

Filming a kiss scene with my genius actress childhood friend

『この前のオーディション、残念だけど落ちちゃったみたい。でも制作の人もイメージと合わなかっただけで演技は良かったたって言ってたから、次こそはいけるよ！　頑張《がんば》ろう！』

担当マネージャーの有希《ゆき》さんからそんなメッセージが入っているのを見て、僕《ぼく》はがっくりと肩《かた》を落とした。

これで何度連続かわからないくらい、オーディションに落ち続けている。一応事務所に所属しているとはいえ、仕事のない毎日だ。たまに獲得《かくとく》する仕事も何てことのない脇役《わきやく》で、僕はもう心が折れる寸前だった。

（やっぱり、才能ないのかな……）

子役としてマーベル事務所に所属してから何年も経《た》ち、僕は中学生になっていた。一向に芽が出る気配もなく、いくら努力しても報《むく》われない。打たれ強い方だと思っていた僕だけど、辞《や》めてしまった方がいいかもしれないと、ネガティブな考えが頭を過ぎっていた。

そんな気を紛《まぎ》らわすため、僕は手元にあったテレビのリモコンを取り、テレビの電源をオンにした。すると――

『水沢玲奈《みずさわれな》です、よろしくお願いします！』

画面に映った一人の少女に、僕は釘付《くぎづ》けになる。

芸能人だらけのスタジオでも圧倒的《あっとうてき》な存在感を放つ、抜群《ばつぐん》の美少女にして今を時めく天才女優。

バラエティ番組のゲストとして登場したその少女は、中学生とは思えない落ち着きぶりで、完璧《かんぺき》にコメントをこなしていた。

（本当に、信じられないな……こんな子が、僕の幼馴染《おさななじみ》だったなんて）

僕は思わずそんなことを思っていた。

画面に映る少女は、僕の記憶《きおく》にある幼少期の玲奈とは全く別人のようだ。息をのむほどの美少女に成長しているし、人見知りで臆病《おくびょう》な性格は影《かげ》も形もない。だから幼馴染といっても懐《なつ》かしさや親しみはあまりなく、遠い世界の住人のように感じられていた。

僕にとってこの少女は、憧《あこが》れであり目標となる存在なのだ。いつか追いつき、共演者として再会し、別れの際に交《か》わしたあの約束を果たしたい。それは一方的な感情かもしれないけれど、僕が苦しい中役者を続けてきた最大のモチベーションだった。

早く、この少女に会いたい。

そんな気持ちは、初心を思い出させ、ネガティブになっていた僕の心を奮い立たせた。

「よおし、頑張ろう！」

気合い十分になった僕は、次のオーディション用台本を鞄《かばん》から取り出し、練習のため机へと向かった――

＊

――ジリリリリ！

耳元で激しいアラーム音が鳴り響《ひび》き、僕は目を覚ました。

「あれ、夢か……」

朝の六時、眠《ねむ》い目を擦《こす》りながら僕は布団《ふとん》から出てカーテンを開けた。強烈《きょうれつ》な朝日が差し込《こ》んできて、徐々《じょじょ》に覚醒《かくせい》モードへと体が移行していく。

どうやら、夢を見ていたらしい。

一年ほど前、まだ玲奈と再会する前のことだった。夢の内容が鮮明《せんめい》だったのは、それだけあの頃《ころ》の感情が強く記憶に残っているからだろう。思い返してみればあの頃は、玲奈と会いたい、共演して約束を果たしたいという一心でずっと頑張っていた。

それが今や、僕は玲奈と主演同士で共演し、今のところオンエアされている第六話までは視聴率《しちょうりつ》も視聴者の反応も素晴《すば》らしいものとなっている。今の方が夢なんじゃないかと思うくらい、数か月前には想像もできなかった状況《じょうきょう》だ。

そんな物思いにふけっていた僕だったけど――そこで今日早起きした理由を思い出す。

平日の六時から八時まで二時間放送されている朝の情報番組、『モーニングテレビ』に玲奈が生出演するのだ。第六話のキスシーンが大きな反響《はんきょう》を呼んだことで急遽《きゅうきょ》、『初恋《はつこい》の季節』の特集コーナーが設けられることが決まり、玲奈がゲスト出演することになった。僕にもオファーは来たのだけど、生放送には苦手意識があったので玲奈に任せることにした。

僕はその放送をリアルタイムで視聴《しちょう》すべく、アラームをかけていたのだった。

「……まずい！　もう始まってるよ！」

慌《あわ》てて部屋を飛び出してリビングルームに向かい、テレビの電源を入れてチャンネルを合わせる。幸いなことに特集コーナーはまだ始まっておらず、アナウンサーが一日のニュースを読み上げているところだった。僕はほっと一息をつき、玲奈が出演するまで朝の支《し》度《たく》をすることにした。

簡単な朝食を用意し、ソファーのところまで持ってきたところで、ちょうどコマーシャルが明けて特集コーナーが始まった。

『ここからは芸能コーナーです！　本日は人気沸騰《ふっとう》中のドラマ『初恋の季節』から、主演の星宮《ほしみや》あかり役を演じる水沢玲奈さんにお越《こ》しいただきました！』

『はい、よろしくお願いします！』

白いフリルトップスに青いスカート。

夏らしい爽《さわ》やかな格好《かっこう》をした玲奈は、スタジオの中央に座《すわ》っていた。

にっこりと微笑《ほほえ》みを浮《う》かべたその姿は画面越しとは思えない破壊力《はかいりょく》で、もう何か月も毎日のように顔を合わせているはずなのに、僕は思わず見とれてしまっていた。

（玲奈……やっぱり可愛《かわい》いなあ）

そうやってソファーに腰《こし》かけていた僕は、ふと気づいた。

テレビに映る玲奈を、画面越しに眺《なが》める僕。さっきの夢と同じような構図だ。

だけど僕の玲奈に対する感情は全然違《ちが》っていた。再会する前は遠い憧れの存在だった玲奈は、とても近い存在になった。僕は玲奈の素の表情を知っているし、昔と変わっていない部分もたくさんあることを知っている。

再会する前は、玲奈のことを観《み》てもすごい美人だなと思っていただけで、今のようにドキドキはしなかったと思う。今は、こうやって玲奈を観て、声を聞いているだけで、何だかドキドキしてしまう。

僕はそんなことを考えながら放送を観ていた。特集コーナーはまず最初にダイジェスト映像を用いたこれまでのストーリーの簡単な振《ふ》り返りから始まり、そこからは視聴者から集めた質問を司会者が玲奈に聞いていくという流れで進んでいた。

『では続いての質問なんですが、これ結構多かったです！　ドラマ現場の裏側を知りたいということで、撮影《さつえい》現場の雰囲気《ふんいき》なんかを聞かせてもらえないでしょうか？』

『撮影現場の雰囲気、ですか？』

『はい、たとえば共演者との現場での関わりなんか聞いてみたいです！』

と、そんな司会者からの振りに、僕はどきりとした。

（玲奈、どんな話するのかな……）

僕がそんな不安に襲《おそ》われていた。

その原因は、ここ最近の玲奈との関係性だ。

第六話のラストシーンであるキスシーンの撮影以降、僕と玲奈の関係はぎくしゃくしたものになっていた。

あの日、僕は森田監督《かんとく》と相談の上アドリブの演技を実行した。台本だとほんの一瞬唇《いっしゅんくちびる》が触《ふ》れるだけだったけど、僕は玲奈からキスされたあと、数秒間の長いキスを返した。それはもちろん作品を良くするための工夫《くふう》であり実際うまくいったのだけど、玲奈の唇を事前の相談なく奪《うば》ってしまったわけで、その日から玲奈は僕を露骨《ろこつ》に避《さ》けるようになった。

このままではまずいと意を決して謝《あやま》りに行ったのは数日前のことだけど、それもはぐらかされてしまった。現状手詰《てづ》まり状態で、どうやったら玲奈と今まで通りの関係に戻《もど》れるのか僕は目下悩《なや》んでいたのだ。

そういう状況だから、玲奈が僕についてどんなことを喋《しゃべ》るのかは怖《こわ》かった。

もちろん、玲奈が公の場で僕を悪く言うことはないだろうけど、言葉を詰《つ》まらせるとか、無意識に顔をしかめるとか、そんな反応をされてしまうかもしれない。

緊張《きんちょう》しながら玲奈の言葉を待っていた僕だったけど——

『そうですね……皆《みな》さん良い人ばかりなので、現場はすごく良い雰囲気です。その中でもやっぱり一番関わりの多いのは主演の天野《あまの》くんですね！　休憩《きゅうけい》時間中も一緒《いっしょ》にご飯食べたり、演技に関する相談をしたりしてます！』

『へえー、そういえばお二人は幼馴染なんですよね。水沢さんから見て、天野さんってどういった印象なんですか？』

『天野くんの印象ですか？　ええと……とっても頼《たよ》りになる共演者です！　演技がすっごく上手だし、それに格好《かっこ》いいし優《やさ》しいし、あと一緒にいるとすっごく楽しくて……』

僕についての印象を聞かれた玲奈は、雄弁《ゆうべん》に語り出したのだった。

天才女優モードの玲奈はいつもクールでお淑《しと》やかな姿を見せるけど、僕のことを喋っている間の玲奈はキラキラした無邪気《むじゃき》な笑顔《えがお》を浮かべていて、隙《すき》だらけな様子だった。そんな玲奈の様子が物珍《ものめずら》しかったのか、スタジオのメンバーはぽかんとしていた。

玲奈は喋っている途中《とちゅう》で周りの様子が変だと気づいたらしく、慌てて咳払《せきばら》いした。

『あっ、すみませんつい喋りすぎてしまって……』

『あ、いえいえ、構いませんよ！　今のお話だけで、お二人の仲の良さが垣間見《かいまみ》えてきました！　現場もすごく楽しそうでいいですね！』

そんなやりとりを観ていた僕は、何だか拍子抜《ひょうしぬ》けした気分になっていた。

玲奈は思っていることが表情にはっきり出るタイプだ。だから、今の発言もテレビ向けのお世辞というわけではなく、本心から思ってくれていることなんだろう。

（だとすれば……少なくとも、玲奈に嫌《きら》われちゃったわけじゃないのかな）

僕はほっとしていた。ここ数日で何か心変わりがあったのかもしれないけど、今のインタビューを聞くかぎり、玲奈と今まで通りの関係に戻れそうな兆《きざ》しがあった。

早く、玲奈と今まで通りの関係に戻りたい。ぎくしゃくしているのは、辛《つら》い。

そのためにも何かきっかけを見つけよう。僕はそう決意したのだった。

＊

玲奈の出演時間が思っていたよりも早かったため、観終わってから朝支度をすませたのはいつもよりずいぶん早い時間だった。とはいっても特にやることもないので、とりあえず学校に向かうことにした。

教室に着いたのは七時半過ぎで、一番乗りだった。芸能科は部活をしている生徒もあまりおらず基本的に始業時刻ギリギリに来る生徒が多いのだ。

自席に着いた僕は机に台本を広げて時間を潰《つぶ》していたけれど、そうすると十分ほどして後ろ側の扉《とびら》が開いた。

やってきたのは青山くんだった。

「おー天野、今日は早いじゃんか。どうしたんだよ？」

「今朝、モーニングテレビで僕の出演ドラマの特集があったんだよ。水沢さんが生出演してて、それをリアルタイムで観たからずいぶんと早起きになっちゃって」

「そういえばそうだったな。俺《おれ》も録画しといたから帰ってから観るか」

青山くんは自分の席に鞄を置くと、僕のところまでやってきた。そして僕の机の上に腰かけてにやりと笑《え》みを浮かべた。

「でも水沢さんといえば……なっ！」

「え、何？」

「とぼけんなよ、この前のオンエア観たぞ！　第六話の！」

「ああ……えっと、キスシーンの話？」

第六話のオンエアのあと学校に来るのは初めてだったので、その話題を向けられることは予想していた。僕が苦笑《くしょう》で返すと、青山くんはこくこくと頷《うなず》いた。

「お前、あの水沢さんと共演して毎日イチャイチャしてるだけにとどまらず、キスまでしてたとはな！　女の子に興味ありませんって雰囲気出してたのにやることやってたんだな」

「いやいや、キスって言っても演技の話だから……」

「俺は役者やってるわけじゃないからそこらへんの感覚よくわからないんだが、キスシーンって実際そんなに何とも思わないのか？　俺だったら役得って思うし普通《ふつう》に恋愛《れんあい》感情芽生えちゃいそうだけどな」

「いやあ……うーん……」

そこは即答《そくとう》で否定しておけばよかったのだけど、僕が変に口ごもってしまったせいで青山くんはますますニヤニヤし出した。

「ほら、やっぱり意識してんじゃねーか！」

「ち、違うよ！」

「というかもしかして、水沢さんといい感じになったりしたとか？」

そう言われて僕は困ってしまった。

実際のところはむしろその真逆なんだけど、本当のことを言っても詮無《せんな》いことだろう。

と、そこで後ろから更《さら》に一人のクラスメートがやってきた。いつの間にか登校してきていたらしく、僕の背中をぽーんと押《お》して話に入ってきた。

「なになにー？　面白《おもしろ》そうな話してるねー、あたしも交ぜてよー！」

「松井さん、おはよう。別にそんな面白い話はしてないよ」

「いやいや、今超《ちょう》いいところだぜ。天野のキスシーンの話」

「あっ、あたしもその話聞きたい！　今朝のモーニングテレビ観てたからさ、天野くんにも色々聞きたいなーって思ってたんだよねー」

左右を挟《はさ》まれてしまい、僕は窮地《きゅうち》に追い込まれる。簡単に逃《に》がしてはくれなそうだった。

そうして質問攻めに遭《あ》っているうちに、続々とクラスメートたちが登校してきた。芸能科の生徒たちが僕たちの話を聞き流すはずもなく、どんどん集まってくる。せめて玲奈がいれば分散しそうだけど、玲奈はあの生放送のあとも仕事が入っており今日は休みだ。

気づけばクラスメートたちの輪ができており、収拾《しゅうしゅう》のつかない状況になっていた。

いよいよ困り果てた僕を救ってくれたのは——一本の電話だった。

「あれ？　電話？」

ポケットで鳴る携帯《けいたい》を取り出すと、発信者はマネージャーの有希さんだ。

僕はこれ幸いとこの場を抜《ぬ》け出す口実に使わせてもらうことにした。

「ちょっとごめん、マネージャーから電話かかってきちゃって……」

「おい待て、逃げるな天野」

「逃げてないよ！　ほら、ちゃんと仕事の電話だから！」

僕は辛くも廊下《ろうか》へと脱出《だっしゅつ》することに成功した。

＊

「助かりました有希さん！　ありがとうございます」

『え？　何、どういうこと？』

開口一番にお礼を言うと、電話の向こうからは困惑《こんわく》したような声が返ってくる。

「いや、実はオンエアのことで質問攻めに遭ってたところで……うまく脱出できました」

『ああなるほど、それは朝から災難だったねー。クラスメートのキスシーンなんて絶対盛り上がるネタだもんね』

「あはは……まあそれはいいんですけど、何の用件ですか？　こんな時間に電話してくるのって珍《めずら》しいですよね」

『あ、うん。天野君、今時間大丈夫《だいじょうぶ》？』

　有希さんの声色《こわいろ》が仕事モードになったので、僕もぐっと身を引き締《し》めた。

「始業が八時半なので、あと十五分くらいなら大丈夫です」

『オッケー。それじゃあさっそく本題に入らせてもらうね。事務的な方からすませると、今週来週のスケジュール更新《こうしん》したから見といてね。今メッセージにも画像で送ったよ』

「了解《りょうかい》です、ありがとうございます。って、うわあ……とんでもないスケジュールですね」

『そうだねー。『初恋の季節』はメインのキャスト陣《じん》が学生だから学校があるうちはなるべく平日の昼間に撮影を入れないように配慮《はいりょ》してたから。最近はそういうのうるさくなってね。もちろんロケ地の都合とか色々な事情で学校休んでもらったことも結構あったけど』

「それで遅《おく》れぎみだった撮影スケジュールをここから一気に巻き戻そうと」

『ま、そういうことだね』

　送られてきた画像を開くと、朝から晩までスケジュールがびっちりだった。平日も土日もなく、本当に毎日仕事尽《ず》くめだ。僕は思わず苦笑を浮かべてしまったけれど、ぐっと拳《こぶし》を握《にぎ》って気合を入れる。

「オールアップまであと数週間ですもんね。悔《く》いを残さないように、頑張ります」

『うん、そう言ってくれると頼《たの》もしいよ。で、スケジュールの方はあとで確認《かくにん》しておいてほしいんだけど……もう一つ、話があって』

『桃瀬《ももせ》音羽《おとは》ってわかるよね？　確か最初の顔合わせのとき、あたしと一緒にちらっと挨拶《あいさつ》しに行ったと思うんだけど』

「何ですか？」

「あっはい！　もちろんです！」

僕はすぐに肯定《こうてい》の返事をした。顔合わせのときが初対面だけどもちろんその前から知っている。玲奈ほどではないにせよ、十代なら知らない人はいないくらいの有名人だ。

桃瀬さんは元々ネットで活躍《かつやく》していたシンガーソングライターで、公開していた曲のうちの一つがショート動画の音源として大きくバズったことで若年層《じゃくねんそう》を中心に一気に知名度を上げた、今どきの売れ方をした子だ。それからもキャッチーな曲を連発し、今では新曲を出すごとにミュージックビデオがミリオン再生を超《こ》えるヒットメーカーになっている。

そんな桃瀬さんは僕と同じくマーベル芸能事務所に所属している。僕の一つ年下の中学三年生なので、一応僕の後輩《こうはい》ということになる。

『桃瀬さんは八話の撮影が始まる明日からクランクインなんだけど、演技のことで悩みがあるんだって。それでこのままクランクインになるのが不安らしくて』

「なるほど。桃瀬さんって今回が初演技ですもんね」

有希さんの話に、僕は一度頷いた。

さっき言った通り桃瀬さんの本職はアーティストなんだけど、今回のドラマで役者デビューを飾《かざ》ることになる。オーディションで森田監督に抜擢《ばってき》されたという話を聞いた。歌と演技のマルチタレントという売り出し方はここ最近増えてきているとはいえ、いきなり演技をやるのはだいぶ難しいと思う。

『桃瀬さんがそういう弱音を言い出したの、昨晩らしくて。急だしクランクインまで時間ないからマネージャーも困っちゃったみたいでさ、同期のあたしに泣きついてきたんだ』

「確かにそれは急ですね……」

『それであたしも色々考えたんだけど、もしよければ天野君に協力してもらえないかなと思って。やっぱり演技のことを一番わかるのは役者だし、森田監督の考え方とか演技の方針もわかってると思うから』

有希さんは遠慮《えんりよ》がちにそう言う。

「え、僕ですか？」

『あ、ごめん、これは仕事じゃなくてお願いだから全然断ってもらっていいよ。天野君も色々予定とかあると思うし』

「いえ、協力するのは全然いいんですが……具体的に何をすればいいんですか？」

『普通に会って演技の相談に乗ってあげてほしいかな。天野くん、乗り気じゃない？』

「いやほとんど初対面の相手だからちょっと緊張するなあと思って」

素の玲奈ほどじゃないけれど、僕もあまり人づきあいが得意な方ではない。ほとんど話したことのない女の子にいきなり演技指導をしろと言われても正直やりづらい。

しかしそうすると有希さんはすぐに提案を口にした。

『さすがに二人だけじゃあやりにくいだろうし、あたしも同席するよ。それでどうかな？』

「なるほど。それならやります」

『ありがとう！　じゃあ場所は事務所の空いてる会議室を使うから、学校が終わったら事務所に来てくれないかな？　具体的な時間とか、詳細《しょうさい》はまたあとで送るから』

「了解です！」

『本当ごめんね。せっかくのオフにこんなこと頼んじゃって』

「いえいえ、より良い作品作りにつながることなら何でも大歓迎《だいかんげい》ですよ」

それは有希さんを気遣《きづか》って言ったわけではなく、僕の本心だ。

八年前に交わし、再会してから改めて交わした玲奈との約束。『初恋の季節』を最高の作品にすることは今も僕のモチベーションになっている。共演者の演技指導というのも、僕がうまくできれば作品のクオリティアップにつながるのは間違《まちが》いない。

（でも……あの桃瀬さんの演技、か）

正直、想像がつかなかった。

桃瀬さんの曲はすごく良い曲ばかりだと思うし、僕のよく聞くプレイリストにも一曲入っている。だからアーティストとしての顔は知っているけれど、演技をしている姿は全く思《おも》い浮かばない。

森田監督が抜擢したのだから何かしら光る物はあるのだと思うけど——

アーティストならではの感性から紡《つむ》がれる演技、というのも面白いものになるかもしれない。そう思うと桃瀬さんの演技を見るのが何だか楽しみになってきた。

＊

有希さんから指定された時刻はけっこう早く、放課後すぐに学校を出てちょうど間に合うくらいだった。終業式が終わって解散になると、僕は一目散に学校を飛び出し、マーベル芸能事務所へと赴《おもむ》いていた。

「おつかれさまー」

「あ、有希さん！　おつかれさまです」

事務所の扉を開けると、入ってすぐのところに有希さんが立っていた。

「もう桃瀬さんは来てるんですか？」

「うん、ついさっきね。会議室で天野君のことを待ってるよ。さっそく案内しても大丈夫？」

「はい、よろしくお願いします」

事務所の廊下を通って奥《おく》まで進むと、小会議室がいくつか並んでいる場所がある。有希さんは真ん中の会議室の前に立つと、トントンと軽くノックして、ゆっくりと扉を開いた。

「桃瀬さん、おつかれさまです。天野君を連れてきました」

有希さんの後ろに続いて入ると——そこには一人の少女の姿があった。

ショートで整えられた黒髪《くろかみ》、くりりとした瞳《ひとみ》、柔《やわ》らかな雰囲気。

整ってはいるが幼さの残る顔立ち。

同じ美少女ではあるけど、玲奈とは全然タイプが違う。玲奈はどちらかといえば美しいという形容が似合うけれど、この少女は可愛いらしいという形容がぴったりだ。ちょこんと椅子《いす》に腰かけている姿はまるで小動物みたいだった。

「こんにちは、天野先輩《せんぱい》！　すみません、本日はわざわざ時間をとっていただいて……」

「ううん、全然大丈夫。僕が役に立てるかはわからないけど、今日はよろしくね」

「はい！　よろしくお願いします！」

桃瀬さんは元気いっぱいにぺこりとお辞儀《じぎ》する。

僕がメディア越しに知っている通りの姿だった。桃瀬さんはアーティストだけどバラエティ番組やユーチューブチャンネルへの出演も精力的に行っていて、笑顔の眩《まぶ》しい明るく活発な女の子というキャラクターだ。マイクの前に立った時の真剣《しんけん》な表情とのギャップが可愛いとよく言われてるけど、確かにその通りだ。

僕は桃瀬さんの対面に座り、有希さんは僕の隣《となり》に座った。有希さんはあくまでも同席しているだけなので会話を切り出すのは僕の役目となる。

「桃瀬さん、今日は僕に演技のことで相談があるんだよね？」

「はい！　そうです」

「とりあえず、どんなことに悩んでるか聞いてもいいかな」

「え、えっと……」

するとと桃瀬さんはさっきまでの元気が嘘《うそ》のように、困り顔で俯《うつむ》いてしまった。予想外の反応に僕は少し面食らってしまった。

「何か、言いにくいことだった？」

「いえ、そういうわけでは……」

「もちろん強制はしないけど、できれば思ってることそのまま教えてくれると嬉《うれ》しいな。その方が、僕も桃瀬さんに合ったアドバイスをできると思うから」

「そうですよね、はい。わかりました！」

桃瀬さんは何か葛藤《かっとう》があったようだったけれど、ぐっと拳を握り、覚悟《かくご》を決めたようにこくりと頷いた。それから胸に手を当てて、ゆっくりと悩みを打ち明けてくれた。

しかし、それは非常に意外なもので。

「水沢さんに、演技を見られるのが怖いんですっ！」

「……え？」

「音羽、自分なりにたくさん練習は積んできたつもりだったんですけど……土壇場《どたんば》になってやっぱり怖くなってきちゃったんです。水沢さんにどう思われるんだろうって考えたら自信がなくなってきて、眠れなくなっちゃって……」

「ど、どういうこと？　何で水沢さんが出てくるの？」

突然《とつぜん》出てきた玲奈の名前に僕はびっくりしてしまった。

確か、玲奈は桃瀬さんとはこの前の顔合わせが初対面だと言っていた。その前に共演経験はないはずだし、ここ最近交流を持ったという話も聞いていない。

僕は恐《おそ》る恐る尋《たず》ねてみる。

「えっと桃瀬さん、水沢さんのこと怖い人だと思ってる？」

「そ、そんなわけないじゃないですかっ！　水沢さんのこと、そんなふうに思ったことなんてありません！」

「でもそれじゃあどうして水沢さんに怯《おび》えてるの？」

「それは……」

桃瀬さんはまたもや言いにくそうに黙《だま》り込んでしまった。

そんな反応に困ってしまった僕だったけど――

そのとき、僕はたまたま机の上に置かれた桃瀬さんの鞄を見て、見覚えのあるストラップがついているのに気づいてしまった。

（あれってもしかして……）

実物を見たことがないから確証は持てなかったけれど、写真で見たものとそっくりだった。僕は思わずそのことを尋ねてしまっていた。

「桃瀬さん、そのストラップ、どこで手に入れたの？」

「え？」

「ほら、その鞄についてるやつ。僕の記憶が正しければ、抽選《ちゅうせん》でしかもらえないドラマの限定グッズだったと思うんだけど……」

それは桃瀬さんのスイッチを押す一言だったらしい。

桃瀬さんはぱあっと顔を輝《かがや》かせ、椅子から体を浮かして勢いよく前のめりになった。

「そうなんです！　これ、『ミステリー学園』の視聴者プレゼントで、ブルーレイ購入者《こうにゅうしゃ》だけが参加できる抽選で手に入れたんです！　ここ、小さいですけど水沢さんのサインが入ってるんですよ！」

「ほんとだ……すごい！　僕もグッズほしくてブルーレイ一枚買ってみたけど当たらなかったんだよ」

「ふふっ、甘《あま》いですね天野先輩！　音羽はブルーレイ十枚買いました！」

「じ、十枚？」

「実用性もあるんですよ！　観賞用に布教用、保存用、持ち歩いて癒《いや》される用って分けてたらそのくらいあっても十分です！」

「さすが売れっ子……すごいお金の使い方だね……」

「それだけじゃないです！　ほら、携帯の待ち受けだって水沢さんにしてますし、この服だって水沢さんがドラマで着てた衣装《いしょう》と同じものですし……音羽の部屋にはもっとたくさんグッズあります！　ほら、写真見てください！」

「おお……すごい、写真集にポスターにアクリルスタンド、水沢さんのグッズ勢揃《せいぞろ》いだ」

　僕は思わず興奮してしまっていた。

　玲奈の活動はずっと追っていたし、僕も密《ひそ》かにグッズとかは集めていたけれど、これほどのコレクションは持ち合わせていなかった。

グッズの話でしばらく盛り上がっていた僕たちだったけど、隣に座っている有希さんのちょっぴり引いた表情で僕は我に返った。こほんと咳《せき》ばらいをして、桃瀬さんの方を見る。

「えっと……桃瀬さん、水沢さんのファンだったんだ」

「はい、大ファンです！　水沢さんは音羽の推《お》しなんです！」

「それで合点《がてん》がいったよ。それだけ水沢さんのことを推してるなら、確かに演技見られるのは緊張するよね」

「そうなんです……」

桃瀬さんがこれほどまでの玲奈ファンだったとは知らなかった。あっという間に打ち解けられそうだ。僕も思わず前のめりになっていた。

「桃瀬さんは、水沢さんのどんなところが好きなの？」

「全部好きです！　目の保養になるくらい美人ですし、テレビに出てるときの振る舞《ま》いもお淑やかな大人の女性って感じでカッコいいですし……でも一番は、あの演技です！　音羽、もともとあんまりドラマとか見ないタイプだったんですけど、たまたまテレビつけてて水沢さんのとんでもない演技を見ちゃって、それからもうどっぷりハマっちゃったんです！　演技やろうと思ったのも、水沢さんがきっかけなんですよ！」

「へ、へえ……」

勢いよくまくし立ててくる音羽。

「今朝の生放送も見ましたよ！　めちゃくちゃ可愛かったです！　天野先輩は水沢さんと幼馴染で仲が良いって聞いたので、ぜひ水沢さんのお話聞かせてほしいです！」

「もちろん。でもそれじゃあ、顔合わせのときは水沢さんと会えて色々話とかもしたの？」

「いえ……実はまだ話せてないんです。初めて生の水沢さんを見てずっとドキドキしてたんですけど、恐れ多くて声をかけられませんでした」

「あはは、そうだったんだ」

顔合わせのとき、僕《ぼく》は自分の演技のことでいっぱいいっぱいで全く周りを見られていなかった。だから全然桃瀬さんの様子は覚えてなかったのだけど、確かにこれだけ愛が強ければ逆にそうなってしまうかもしれない。

こんなに熱狂的《ねっきょうてき》な玲奈ファンと出会ったことがなかったから、そのままいくらでも玲奈の話題で盛り上がってしまいそうだったけど、そこで本題に戻してくれたのは隣に座っていた有希さんだった。

「あの、二人とも、演技相談はしなくて大丈夫ですか？」

「あっ……」

「す、すみません白石《しらいし》さん！　つい夢中になっちゃいました！」

＊

僕たちは気を取り直して仕事モードに入る。僕は鞄の中から第八話の台本を取り出して机の上に置いた。桃瀬さんはすでに手元に台本を置いている。ぱっと見てわかるほど使《つか》い込まれていて、びっしり文字が書き込まれていた。

「じゃあ、一旦《いったん》演技を見せてもらおっか。最初の部分、僕との掛《か》け合いだからそれをやってみよう」

「わかりました！」

「読み合わせでもいいけど……せっかくなら体も動かして本番みたいにやってみた方がいいかな。有希さん、この机とかって動かしても大丈夫ですか？」

「もちろん。端《はし》に移動させよっか？」

「あ、はい。真ん中にスペースを作る感じで」

そうして三人で机を移動させ、僕と桃瀬さんは会議室の真ん中で向き合うように立った。奥に座った有希さんには携帯で動画を撮《と》ってもらっている。どうしても正面からだけではわからない部分もあるので、あとで見返してより生産的なフィードバックをするためだ。

「桃瀬さん、台本は持たなくても大丈夫?」

「大丈夫です! 台詞《せりふ》は頭に叩《たた》き込んであります!」

「よし、それじゃあ始めようか。有希さん、合図貰《もら》ってもいいですか」

「オッケー。本番五秒前、四、三、二、一……スタート!」

実際の撮影っぽく掛け声を付けてもらい、僕たちは演技を始めた。

さて、桃瀬さんはいったいどんな演技をするだろうか。

桃瀬さんが演じるのは、玲奈が演じる星宮あかりの親友、花村紗良《はなむらさら》だ。ドラマ前半では出番がなかったけれど、恋人《こいびと》となった明久《あきひさ》とあかりの関係性がこじれていく中であかりに寄《そ》り添って支える重要なキャラクターとして機能する。脇役《わきやく》ではあるが、物語上ですごく重要な役割を果たす役柄《やくがら》であり、責任重大である。

僕は静かに桃瀬さんの第一声を待っていた。

桃瀬さんはゆっくりと、口を開く。

『おはよ、赤井《あかい》君。聞きたいことがあるんだ』

『花村さん。どうしたんだ?』

『昨日から、あかりちゃんの様子がちょっとおかしいんだ。何かあった？』

初めて見る桃瀬さんの演技。僕は正直驚《おどろ》いていた。

桃瀬さんの演技は、とても練《ね》り込《こ》まれ、緻密《ちみつ》に構築されたものだった。

第八話の台本は役者にとっては少し不親切で、ドラマの中では初めての登場となる紗良について丁寧《ていねい》な紹介《しょうかい》シーンがない。ある意味で桃瀬さんの演技に丸投げされており、短い登場シーンと台詞の中で視聴者に紗良というキャラクターや立ち位置を印象づけなくてはならない。しかも物語の流れを邪魔《じゃま》することなく、自然な形でだ。

だから要求水準を百パーセント満たすのはかなり難しく、正直なところ僕は最初に台本を読んだとき無茶《むちゃ》な要求だと思ってしまっていた。森田監督も百パーセントを求めているわけではないのだろうと勝手に解釈《かいしゃく》していたのだけど――

それは僕の誤りだったらしい。

桃瀬さんは、少なくとも台本の意図を正しく理解し、それを演技へと昇華《しょうか》していた。

もちろん初演技という経験の浅さから色々と粗《あら》い部分はあったけど、方向性は合っていた。これは偶然《ぐうぜん》演技がうまい具合にはまっているだけなのだろうか？　それとも、桃瀬さんはちゃんと考えてこの演技を作ってきたんだろうか？

ともかく、最初のシーンが終わった。桃瀬さんはふうと息をついたあと、僕の方へと視線を向けてきた。

「えっと……どうでしたか？」

「桃瀬さん、今の演技はどういうことを考えてやってたの？」

「え？　うーん、そうですね」

そこで桃瀬さんが話してくれた内容は僕が考えていたこととぴったり合っていて、僕は思わず舌を巻いてしまった。

それからお互《たが》いに台本を開いて細かい点を話し合った。桃瀬さんは台本の一行一行に気を配って深いところまで考察をしており、僕も気づいていなかったような鋭《するど》い視点もいくつかあった。

「……桃瀬さん、初演技なんだよね？」

「あ、はい。事務所で半年くらい演技レッスンは受けていましたけど」

「本当にすごいよ。正直ここまでのクオリティに仕上げてるとは思わなかった。台本の読み方とかどうやって勉強したの？」

「それは独学です。音羽、本職はシンガーソングライターなのでたくさん歌詞も書きますし、それで言葉への感覚はけっこう自信があるんです！」

「なるほど……森田監督も、そういう感性を面白がったのかな……」

桃瀬さんは玲奈のような天才的な演技をするタイプではなく、僕とよく似た緻密に構築した演技をするタイプだった。だからこそ僕がアドバイスできることは多い。僕は一通り話し終えたあと、気になったところを前から順番に指摘《してき》していった。

僕のアドバイスを桃瀬さんは熱心に聞いてくれた。手にペンを持ち、忙《いそが》しくメモを取り、時折わからないことを質問してきた。そうして三十分ほどじっくりフィードバックをしたあと、桃瀬さんは満足げに台本を閉じた。

「ありがとうございます！　すごく勉強になりました！」

「あくまでも僕の意見だから参考にするかは桃瀬さんに任せるけどね」

「いえ、全部参考になることばかりでした！　あの……今のアドバイスを踏《ふ》まえて実践《じっせん》してみたいんですけど、もう一度付き合ってもらってもいいですか？」

「もちろん」

そうして僕たちは改めて演技をした。

桃瀬さんの吸収力は驚くべきもので、ついさっきしたばかりのアドバイスを的確に演技に取り入れることができていた。粗いと思っていた部分もずいぶん改善されており、目に見えて良くなっていた。

演技が終わったあと、僕は一度頷いてみせた。

「すごく良くなったね。この演技を本番でできれば、水沢さんに見せても全く問題ないよ。それどころか、びっくりさせられると思う」

「本当ですか？」

「うん。僕が太鼓判《たいこばん》を押すよ」

桃瀬さんは嬉しそうに微笑《ほほえ》む。

「天野先輩のおかげです、わざわざ時間とっていただき本当にありがとうございます！」

「ううん、僕も楽しかったよ」

「それじゃあ明日から、よろしくお願いします」

「こちらこそよろしくね。あっそういえば……桃瀬さん、明日クランクインの前に水沢さんのところに挨拶しに行かなくて大丈夫？」

「えっ？」

僕の質問に、桃瀬さんは目をぱちくりさせた。

「ほら、現場に入ってからはなかなか水沢さんとゆっくり喋《しゃべ》る時間もないだろうし。水沢さんと色々話したいこともあるんじゃないかなと思って」

「は、はい！　ぜひぜひたくさんお話ししたいです！」

「じゃあ僕の方から連絡《れんらく》しておくよ。一緒に水沢さんの楽屋に行こう」

「よろしくお願いします！　えへへ……音羽、明日が楽しみです！」

玲奈大好きな後輩は、わかりやすくうきうきしていたのだった。

＊

その日の夜、僕は自室で携帯と睨《にら》めっこしていた。

僕はラインのトーク画面を開いていた。相手は玲奈だ。数か月前に連絡先《さき》を交換《こうかん》してからは頻繁《ひんぱん》にやりとりをしていたけれど、キスシーンの一件があってからはほとんどやりとりがない。事務的な連絡を何回かしただけだった。

（……考えてみれば、これは僕にとってもチャンスかもしれない）

今朝のインタビューのあと、玲奈と仲直りするきっかけを探していた僕にとって、これは自然な形で連絡を取る良い機会だ。

あのキスシーンを経て、僕は玲奈に対する感情が変化しつつあることを自覚してしまったのだ。だからこそそんな玲奈と疎遠《そえん》になっているのは辛かったし、早く前みたいな気の置けない関係に戻《もど》りたかった。

〈うーん……電話とメッセージ、どっちがいいかな……〉

僕はしばらく迷っていた。玲奈の声を聞きたいし、欲を言えばビデオ通話をして姿を見ながら話したい。でももしかしたら電話をかけても出てくれないかもしれない。結局僕は日和《ひよ》ってしまい、メッセージを打っていた。

〈玲奈、おつかれさま。ちょっとした連絡があるんだけど〉

文面を消しては書き直し、最後はそんな軽い調子のメッセージを送って携帯を置いた。

返信は返ってくるだろうか。

ドキドキしながら画面を見ていると、一瞬《いっしゅん》で既読《きどく》がつき、すぐに返信が返ってきた。

〈どうしたの海斗《かいと》？〉

そんなメッセージ一つで、僕の心臓は跳《は》ねる。

慌《あわ》てて携帯を手に取り、僕はメッセージを打った。

〈明日から桃瀬さんがクランクインになるのは把握《はあく》してるよね？〉

〈ええ、もちろんよ〉

〈撮影《さつえい》前に、桃瀬さんのことを挨拶に連れて行きたいんだけど、朝ちょっと早めに楽屋入りしてもらうことってできるかな？〉

〈え？　それは構わないけど、どうして海斗が？　桃瀬さんと仲良かったの？〉

〈桃瀬さんは僕の事務所の後輩だから〉

〈ああそうだったわね。あの子もマーベル所属なんだっけ〉

玲奈はコミカルな絵柄《えがら》のパンダが手を叩くスタンプを送ってきた。

〈じゃあ、十時過ぎには楽屋入りするようにしておくわ。楽しみにしてるわね〉

〈ありがとう玲奈、助かるよ〉

今までの僕たちのような軽い調子のやりとりだった。もっとそっけない文面が返ってくることも覚悟していたから、拍子抜《ひょうしぬ》けなくらいだ。文面だけ見ていると、ここ最近僕のことを避《さ》けているとは思えないほどいつも通りの玲奈だった。

桃瀬さんの件の事務連絡はそれで終わりなのだけど、僕はそこで勇気を出して更に会話を続けてみることにする。

〈そういえば、今朝のモーニングテレビ観《み》たよ。さすが玲奈だね、完璧《かんぺき》だったよ。僕の話題も出してくれて嬉しかった〉

すると既読がついてから少しだけ時間を置いて、玲奈から返信が返ってきた。

〈ありがとう海斗！　そう言ってもらえると、すごく嬉しいわ〉

そして、白いうさぎがぺこりと頭を下げるスタンプが送られてくる。

それから少しだけやりとりを続けたあと、会話を終えて僕はふうと息をついていた。

（もしかしたら……明日会ったら、普通に喋れるようになってたりするかも……？）

少なくともメッセージでは、普通に話せていたと思う。

玲奈の中で何か心境の変化があったのかもしれないけど、とにかく、玲奈とのぎくしゃくした関係が解消するかもしれないという期待から僕は胸を高鳴らせていた。


そして翌日。

午前十時、待ち合わせしていた時刻ぴったりに僕の楽屋に桃瀬さんがやってきた。

「おはようございます、天野先輩！」

「おはよう。えっと、その荷物は何？」

「水沢さんに挨拶するために必要なものを揃《そろ》えてきたんです！　手土産《てみやげ》と音羽のアルバムと、インタビューで好きって言っていたお菓子《かし》を持ってきました！　こっちはサインを貰いたいグッズですね、オリジナルTシャツに写真集です！」

トートバッグに入ったものを、桃瀬さんは次々に出してみせた。よく見るとトートバッグも玲奈の出演していたドラマの限定グッズで、徹底《てってい》ぶりがすごい。

「すごい準備だね……そんなに気合い入れてかなくてもいいと思うけど」

「そんなわけにはいきませんよ、音羽にとって今年一のビッグイベントですから！　単独ライブのときの十倍は緊張《きんちょう》してます！　何なら昨日なんてほとんど寝《ね》られなかったです！」

「それ、普通《ふつう》に撮影に響《ひび》かない……？　大丈夫？」

「大丈夫ですっ！　水沢さんのせいでパフォーマンスを落とすなんてこと、絶対にできないじゃないですか！」

ピースサインを作ってみせる桃瀬さん。

僕たちはそこから二人で玲奈の楽屋へと向かった。向かうといっても局のスタジオでは僕と玲奈の楽屋が隣同士《となりどうし》なので、一つ横へと行くだけである。

扉《とびら》をノックすると、玲奈がゆっくりと姿を現した。

「おはよう水沢さん。桃瀬さんを連れてきたよ」

「おはようございます。わざわざ挨拶なんて来ていただいて、すみません」

僕以外の共演者がいるときは、玲奈はいつもの天才女優モードだ。

玲奈と話すということでやや緊張していた僕だったけど、そこで、昨晩から抱《いだ》いていた期待をさっそく打ち破られることになってしまった。

玲奈はやはり僕の目を見てくれなかったのだ。

不自然なまでに視線を逸《そ》らした玲奈は、桃瀬さんの方に視線を向けた。

「どうぞ入ってください」

桃瀬さんを見ると、さっきまでのハイテンションが嘘みたいに表情が硬《かた》い。

石のようにガチガチになっていた。

本当は僕が助け舟《ぶね》を出すべきだったのだけど、僕はそれどころじゃなかった。昨日まで
と変わらず玲奈が僕と話したくないオーラを出してきたことにショックを受けていたのだ。

だから僕は思わずその場を立ち去ることを選んでしまった。

「じゃあ桃瀬さん、僕は帰るから。ゆっくりお話ししてね」

「あっ……」

玲奈は話しづらい存在ではないし、持ち前の明るさがあれば何とかなるはずだ。

桃瀬さんから一瞬すごい目を向けられた気がしたけれど、ともかく僕は玲奈の楽屋を出
て自分の楽屋へと帰ってきた。

だけどそうするとほんの一分もしないうちに、楽屋の扉がとんとんと叩かれた。出てみ
るとそこに立っていたのは何と玲奈だった。困ったような表情を浮《う》かべている。

「あ、あれ……桃瀬さん、ここに来てないかしら？」

「玲奈！　えっと、来てないけど、どうして？」

「海斗が出て行ってから部屋に入ってもらったんだけど、険しい顔して黙ったままで、ど

うしたのって声をかけたら何かわからないけど逃《に》げ出しちゃったの」

玲奈は少し顔を赤くして、僕から目を逸らすようにしながら話す。

僕は頭を抱《かか》えてしまった。まさかそうなってしまうとは、桃瀬さんの玲奈に対する感情の大きさを過小評価していたのかもしれない。

だけど桃瀬さんのことを知らない玲奈は、悲しそうに俯いていた。

「私、あの子に嫌《きら》われてるんじゃないかと思うの。この前も顔合わせのときも挨拶しようと思ったら逃げられちゃったし、全体で本読みやってるときはちょこちょこ睨まれてたし。何でかしら……別に会ったこともないのに」

そう言ってから玲奈は僕の方に話を振《ふ》ってくる。

「海斗、何か聞いてない？　あの子、私のこと嫌《きら》いって言ってなかった？」

「うーん、それは本人から直接聞いた方が早いと思うよ。桃瀬さんのこと捜しに行こう」

「そ、そうね。でもどこにいったのかしら？」

「それは僕もわからないな……とりあえず本人の楽屋に行ってみる？」

「確かに、それが一番可能性高そうね」

普通に会話は成り立っているのだけど、何となくやりづらさを感じてしまう僕だった。

お互いにそっぽを向いて話してしまっている。

それから僕たちは廊下《ろうか》を歩いて桃瀬さんの楽屋を探した。桃瀬さんの楽屋は僕と玲奈の楽屋からは少し離《はな》れた場所にあった。扉をトントンと叩いてみると、恐る恐るといった感じで桃瀬さんが姿を現した。

「桃瀬さん、聞いたよ。突然《とつぜん》水沢さんの楽屋出ていっちゃったんだって？」

「うっ……」

桃瀬さんは決まり悪そうに顔をしかめたあと、僕の後ろから入ってきた玲奈のことを見てあからさまに動揺《どうよう》した様子を見せた。玲奈が笑顔《えがお》を作ってみせると、桃瀬さんはもう無理とばかりに僕の後ろに隠《かく》れ、僕にしか聞こえない声で耳元に囁《ささや》いてくる。

「先輩、さっきは何で行っちゃったんですか！　音羽と水沢さんを二人きりにして行くなんて、非人道的です！」

「い、いやそこまでだとは思わなかったというか……なんかごめん……」

「あんなの無理ですよ！　緊張しすぎて頭真っ白になりました！　というか今も無理です、水沢さんの顔を直視できません！」

僕の体をぐいぐい揺《ゆ》さぶって抗議《こうぎ》の意を示してくる桃瀬さん。一方で少し離れた場所に立っている玲奈は、僕たち二人の会話から取り残されており、いったい何を話しているんだろうと気になっているようだった。

「とりあえず桃瀬さん、ちゃんと水沢さんの方を向こう」

「う、ううっ……」

そんなやりとりをしていた僕たちだけど、すると、玲奈はこほんと一度咳ばらいをした。

それから、苦笑《くしょう》を浮かべたままゆっくりと口を開いた。

「あの、桃瀬さん、もしかして私に苦手意識とかありますか？」

「えっ……？」

「すみません、私にはどうしても嫌われてしまうような心当たりがなくて。もし私の至らない点があれば、言っていただけると嬉しいです。私、桃瀬さんの音楽はよく聴《き》かせてもらっていて一方的に存じ上げてましたので、本当はぜひ仲良くなりたかったんです」

桃瀬さんは自分の行動がそんなふうに受け取られているなんて露《つゆ》ほども思っていなかったんだろう。

寂《さび》しそうな玲奈の顔を見て、目をぱちくりさせていた。

それからぐっと唇《くちびる》を噛《か》み、葛藤と闘いながらも、ようやく心が決まったらしくぐっと拳《こぶし》を握《にぎ》りしめ、玲奈の下へと近づいていった。

「ち、違《ちが》うんですううっ！」

そして、泣きそうな声でそう言った。

玲奈はびっくりしたようにたじろいでしまう。

「お、音羽……水沢さんの大ファンなんですっ！」

「え？　そ、そうなんですか？」

「ごめんなさい！　顔合わせのときも緊張しちゃって話しかけられなくて……でもでも、本当に大好きなんですっ！　あのすいません、握手《あくしゅ》してもいいですか？　あと写真と、サインと、それともしよければハグとか……！」

無事話しかけられたことで安心してエンジンがかかったのか、桃瀬さんは怒涛《どとう》の勢いで玲奈におねだりする。

「は、はあ……もちろん、全部大丈夫《だいじょうぶ》ですよ。とりあえず、握手しましょうか」

「お、音羽感激です！　もう一生手洗わないです……！」

「いえ、洗ってくださいね。握手してほしければまたいつでもしてあげますから」

「はあ……天使です、天使が目の前にいます……」

桃瀬さんのテンションの上がり方はすさまじかった。もう卒倒《そっとう》してしまいそうな勢いだった。そのあとは僕がカメラマンをして二人で写真を撮ったあと、桃瀬さんは持ってきた手土産を渡《わた》して持参したグッズにサインをもらっていた。そのあと軽くハグしてもらったところで限界がやってきたらしく、桃瀬さんは焦《あせ》った様子で僕に泣きついてきた。

「せ、先輩！　もう無理です水沢さん成分過剰摂取《かじようせつしゅ》で危険水準まで来ちゃいました！　ここは一旦退散しましょう！」

「ええっ？　いや、ここは桃瀬さんの楽屋だよ？」

「……じゃあ、私、このあたりでお暇《いとま》させていただきますね。桃瀬さん、また現場でいっぱいお話ししましょう」

にっこり微笑んだ玲奈は、そう言うと桃瀬さんに会釈《えしやく》してから部屋を出て行った。

ドアが閉まった直後、桃瀬さんはへなへなと膝《ひざ》から崩《くず》れ落ちていた。

「こ、興奮しすぎて死ぬかと思いました……」

「良かったね、ちゃんと挨拶《あいさつ》できて」

「はいっ！　サインももらえましたし、写真も撮ってもらえたし……それに最後ハグまでしてもらっちゃって、ううっ、すっごく良い匂《にお》いしました！」

「あーうん、幸せそうで何よりだよ」

桃瀬さんはサインを入れてもらったTシャツを幸せそうに眺《なが》めていた。いちいち反応が可愛《かわい》らしくて、微笑ましい気分になってしまう。

するとと桃瀬さんは先ほどの光景を思い出しながら、にっこり笑って言った。

「それにしても、水沢さん、本当にテレビで観る姿のまんまなんですね！」

「え？　あっ……う、うん」

「立ち振る舞いもすっごく可憐《かれん》で、本当にイメージ通りの素敵《すてき》な方でした！　もう、ドキドキが止まらないです！」

純粋《じゅんすい》な瞳を向けられて、僕は少し反応に困ってしまった。

先ほどまで玲奈が見せていた姿が本当の意味での素顔《すがお》でないことを、僕は知っている。

玲奈が意図的に壁《かべ》を作ろうとしているわけではないし、むしろ人見知りな玲奈がコミュニケーションを取るための仮面だということは理解しているけれど、それでも……これほどまでに玲奈のことが大好きな子に、隠し事《ごと》をしているようで後ろめたさを感じてしまう。

だから、思わず尋ねていた。

「ねえ、桃瀬さん」

「何ですか天野先輩？」

「もし仮にだよ？　水沢さんがテレビでのイメージとは全然違う女の子だったら、桃瀬さんはがっかりした？」

「へ？　うーん……そうですねえ」

桃瀬さんは少しだけ考える仕草をとってから、笑顔で答えた。

「どう違うかにもよりますけど……それはそれで、むしろ喜んじゃってたかもしれないです！　だって、世間の人たちは知らない水沢さんの一面を知れるってことですもん！」

純粋な瞳《ひとみ》を浮かべたままそう言う桃瀬さんに、思わず僕は目をぱちくりさせてしまった。

（この子……すっごく良い子だな）

桃瀬さんなら、素の玲奈のことも受け入れてくれる。それどころか、普段《ふだん》の姿とのギャップすら魅力《みりょく》として感じてあげられるだろう。

玲奈が素をさらけ出して接することのできる同性の友達は、今のところいない。

桃瀬さんがそうなってくれたらいいな、と僕はぼんやり考えていたのだった。

＊

それから迎《むか》えた桃瀬さんのクランクインは、つつがなく終了《しゅうりょう》した。

僕との練習の成果もあってか、クランクイン初日としてはずいぶんダメ出しが少なくすんでいた。もちろん森田監督《かんとく》はこだわりの強い人だから何度も繰《く》り返しダメ出しが飛ぶこともあったけど、玲奈の励《はげ》ましが力になったようで桃瀬さんは最後まで笑顔でやりきった。

そしてその翌日、撮影がお昼休みになって僕が楽屋へと帰ってきたところに、うきうきした様子の桃瀬さんがやってきた。

「天野先輩《せんぱい》！　今から水沢さんの楽屋に行って一緒《いっしょ》にお昼食べようって誘《さそ》うつもりなんですけど、先輩も来ませんか？」

「え？　僕も？」

「さすがにまだ二人きりでご飯は緊張するというか……い、いえ、水沢さんは優《やさ》しく受け入れてくれるってわかってるんですけど、それでも会話が続くかとか色々心配で……！」

あたふたする桃瀬さん。

僕は少し迷ったけど、首を横に振った。

「ごめん、桃瀬さん。行ってあげたいのはやまやまなんだけど……僕は遠慮《えんりょ》しとくよ」

「ええっ？　もしかして先約とか用事がありましたか？」

「いやそういうわけじゃなくて、今水沢さんとご飯はちょっと」

僕がお茶を濁《にご》すような言い方をすると、桃瀬さんは不思議そうに首を傾《かし》げ、それからじっと訝《いぶか》るような視線を向けてきた。

「あの、これ聞いていいのか迷ってたんですけど……もしかして天野先輩って水沢さんとあんまり仲良くないんですか？」

「えっ？　ど、どうして？」

「昨日から一緒にいるときにお二人とも全然目見ないんですもん！　何だか会話もぎこち

ない感じですし……ちょっぴり心配だったんです！」

周りからもそんなふうに見られていたなんて。僕は思わず顔をしかめてしまっていた。

「いや……仲は良いはずなんだけどね」

「そうですよね！　番宣で色んなバラエティ番組に出てるお二人を観ましたけど、気の置けない間柄《あいだがら》っていう感じでしたもん！　でもそしたら、もしかして喧嘩《けんか》中ですか？」

「喧嘩ではないと思うけど……」

「ではどういう状態なんですか？」

「まあ何というか、ちょっと訳あって今は水沢さんとは距離《きょり》を置くことにしてるんだ」

「へ？　距離を置く……？」

テレビでのインタビューではキラキラした笑顔で僕のことを喋っていたし、メッセージではいつも通りに話してくれていた玲奈だけど、いざ直接話すと目を逸らされてぎこちない会話になってしまった。

それで僕なりに考えてみたけど、やはり玲奈に嫌われてしまったわけではないと思う。あのアドリブがこの作品をより良いものにするために必要だったことは玲奈も理解しているはずだ。だけど一方で女の子にとってファーストキスはとても大切なものだというし、それを相談なしにあんなアドリブを入れたことは役者としては理解できるけど、一人の女の子としては納得《なっとく》できないという、そんな感じなんだと思う。

僕のこの推測が正しければ、解決のためには時間が必要だ。そしてその時間を短くするには、僕の方からなるべく玲奈と距離を置くようにして、玲奈が落ち着いて心を整理できるようにしてあげることだ。

そんなふうに考えた僕は、玲奈としばらく意図的に距離を置くことにしたのだ。もちろん玲奈とはずっと話していたいし、その決断は辛《つら》かったけど、少しでも早く玲奈と元の関係に戻るためだ。それだけ、僕は早く玲奈との関係を修復したいと心から思っていた。

桃瀬さんは怪訝《けげん》そうに眉間《みけん》にしわを寄せていたが、やがてこくりと頷《うなず》いて笑顔を見せた。

「よくわからないけど、わかりました！　そういうことなら今日のところは音羽一人で誘ってみることにしますね！」

「うん。楽しんでね」

「はい！　緊張しますが……ちゃんと会話を続けられるように頑張《がんば》ります！」

桃瀬さんはそう言い残して僕の楽屋を出て行った。一人になった僕は、とりあえず午後の出演シーンの台本に目を通しながらお弁当を食べることにしたのだった。

そして休憩《きゆうけい》明けの午後、僕はちょっとした異変を感じていた。

何だか、玲奈からちょこちょこ視線を向けられているような気がするのだ。

相変わらず合間の時間も僕たちは全然話していなかったけれど、たまに玲奈の方を見ると高確率で僕のことをじっと見つめていた。それで目が合って慌てて逸らされるというのが何度か続き、さすがに僕は不審《ふしん》に思い始めていた。

（どうしたんだろう……？　何か、ついてるのかな）

担当メイクさんが直しに来たときに思わず聞いてしまったけど、特に変なところはないということで、僕はますますよくわからなくなっていた。とはいえ本人に直接聞くこともできず、ちょっぴりモヤモヤした気分のまま次の休憩時間になった。

「次の再開時刻は二時二十分です、出演者のみなさまよろしくお願いします！」

時計を見ると二時ちょうどだった。二十分間という、結構長めの休憩時間だ。

何をしようか迷ったけれど、僕は一度外に出て軽く散歩をすることにした。今日はいつものメインスタジオだから建物を出るとテレビ局の敷地《しきち》が広がっている。池や森など簡単な屋外撮影に使えるスポットになっているため、散歩コースとして十分すぎるほど広い。

そうしてぼんやりと歩き始めたものの、何だか落ち着かない感じがした。

気のせいかもしれないけど、さっきから後をつけられているような気がするのだ。

テレビ局の敷地内だから変なストーカーとかが出るとは思えないが、どうも気配を感じる。振り返って探してみるべきだろうか。僕は少し迷った末に一度立ち止まり、ぱっと後ろを振り向いてみた。

すると、人の影《かげ》が慌てたようにすうっと木陰《こかげ》に隠れたのが目に入った。

どうやら本当に誰《だれ》かいるらしかった。それも、相当に怪《あや》しい。

僕はごくりと唾《つば》をのんでから、意を決して近づいてみた。

速足で距離を縮め、木の裏を覗《のぞ》き込むと、そこに立っていたのは悪事がバレた子供のような気まずい表情を浮かべた玲奈だった。

「ええっ？　玲奈、何やってるの？」

「ううっ……ご、ごめん」

「あ、いや責めてるわけじゃなくて、普通にびっくりしてるんだ。いったいどうしたの？」

本当に状況《じょうきょう》が理解できなかったので、僕は困惑《こんわく》気味にそう尋《たず》ねていた。すると玲奈はうつむいたまま、ぽつりと呟《つぶや》くような声で言った。

「この休憩時間、海斗に話しかけようと思ったんだけど……海斗がどんどん行っちゃうから、話しかけられなくて、それで追いかけてたらここまで来てたっていうか……」

「ええ？　呼び止めてくれればいいのに。というか、別にあとでもよかったんじゃないの？」

「で、でも、どうしてもすぐに話したかったから……」

ふと見ると、玲奈は泣きそうな顔になっていた。

僕《ぼく》はびっくりしてしまう。

玲奈は肩《かた》を縮こまらせ、聞きたくないことを聞くように、こわごわ質問をぶつけてきた。

「海斗、やっぱり私のこと嫌いになっちゃったの……？」

「え？　何の話？」

玲奈の方は深刻そうな空気なんだけど、出てきた内容が想定外すぎて、僕は間の抜《ぬ》けた返しになってしまった。するとと玲奈はむきになった様子でぐっと僕に迫《せま》ってきた。

「お昼に、桃瀬さんから聞いたもん！　海斗、私から距離を置こうとしてるって……」

「え？　ああ……まあ確かにそう言ったけど」

「や、やっぱりここ最近の私、感じ悪かったわよね……」

「ちょっと待ってよ！　僕が玲奈のこと、嫌いになるわけないじゃん！」

僕が思わず言葉を遮《さえぎ》ると、玲奈は驚いたように目を見開き、それからまた俯《うつむ》いた。

「でも、だったらどうして私と距離を置こうとしてたの？」

「それは……逆に、僕の方が玲奈から避けられてると思ってたからさ。仲直りするためには、一旦冷却期間《いったんれいきやく》が必要なのかなって勝手に思っちゃって」

「ど、どういうこと？　私、全然怒《おこ》ったりしてないってこの前言ったじゃない！」

「いやでも、そのあとも全然目合わせてくれないし……」

「そ、それは海斗だって同じよ！　最近ずっと私の目見てくれないもん！」

風船のように頬《ほお》を膨《ふく》らまし、不満を露《あら》わにしてみせる玲奈。

確かに、言われてみれば、僕も結構目を逸らしてしまっていたかもしれない。

僕はここ二週間の玲奈とのやりとりを思い出し、後ろめたい気分になっていた。

「それは……言いにくいんだけど、まだあのキスシーンのことがフラッシュバックしちゃうというか。それで、玲奈のこと見ると恥《は》ずかしくなっちゃって」

そして正直なことを言うと、玲奈も我《わ》が意を得たりと手を叩《たた》いた。

「私も！　私も、そうなの！」

「え、玲奈も？」

「うん……それで海斗のことちょっと避けちゃったり、喋るときもぎこちなくなったりしてたけど……本当に、怒ってるとかじゃないの！」

「そ、そっか……」

僕たちは思わず顔を見合わせて、笑い合ってしまった。

ここ二週間ほどぎくしゃくしていると思っていたのは、あのキスシーンでお互いに変に意識してしまっていただけらしい。

それだけ、あの日のキスシーンが僕たちを動揺させていたということだ。

「何か安心したよ。こんなにずっと意識しちゃってるの、おかしいかなって思ってたから」

「し、仕方ないわよね……キスをするのも初めてだったんだし……」

玲奈はそう言ってから顔を赤らめる。

「それに、か、海斗があんなキスするから！　あんな……恋人《こいびと》にするみたいなキスを！」

「ええっ……そ、そんなだったかな」

「あ、あんなの忘れられるわけないじゃない！　まだ海斗の唇の感触《かんしょく》、しっかりと覚えてるし……ううっ……」

「ほ、本当にごめんね玲奈」

「い、いいわよ。この前も言ったけど演技の中のことだし……別に、嫌《いや》じゃなかったし」

玲奈はそう言いながらどんどん頬を赤くしていって、しまいにはもう顔を上げてられないとばかりに俯いてしまった。

結局僕たちはさっきから全然目を合わせられていなかったのだ。むしろキスシーンの話を二人でしているうちに色々思い出してしまい、今までよりも悪化しているかもしれない。

と、そこで、玲奈は決心したようにぐっと顔を上げた。

「このままじゃダメよ！　私、まだしばらく海斗と目を見て話せない気がする！」

「あ、うん……僕もそうかも」

「だから……練習しましょう！」

「練習？」

「お互い、目を見て喋れるようにするための練習よ！　海斗、付き合ってくれるかしら？」

「もちろんいいけど。どうやってやるの？」

「簡単よ。顔を動けなくすれば、もう目を合わせるしかないじゃない！」

玲奈はいいことを思いついたという顔で練習の内容を説明する。

「海斗は私のほっぺたを両手で押《お》さえて、動けないようにして。私も同じようにするから。それでお互い、相手の目を見るようにするの。目、逸らしちゃダメだからね」

「え？　あ、うん、やってみる……」

言われるがままに、僕は玲奈の頬に両手を添《そ》えた。

柔《やわ》らかい肌《はだ》の感触が手に伝わる。

すると玲奈も僕の頬に手を当てた。少しひやりとした感触が頬を包む。玲奈の手はちょっと冷たいのだ。そうして僕たちは、お互いの頬に手を当てたまま至近距離でじっと見つめ合う格好になった。

（近いっ……と、というか、これって……）

記憶《きおく》が明瞭《めいりょう》に蘇《よみがえ》る。この距離感はまさしく、あの日のキスシーンの距離感だった。

玲奈の唇が目の前にあって、ほんの少し顔を近づければ簡単に奪《うば》ってしまえそうで。あのときの唇の感触が蘇り、どんどん顔が熱くなってきた。

（うわあっ……め、目を見る練習どころじゃないよ……！）

そしてそれは玲奈も同じだったらしく、僕たちはすぐに手を離して体を遠ざけた。

玲奈はもう耳まで真っ赤になっている。

テレビ局の敷地内の森で、周りに人っ子一人いない場所だからよかったけれど、人目のあるところでこんなことをしていたらどんな誤解をされていたかわからない。

「こ、これは……ちょっとまずかったわね」

「う、うん……そうだね」

「や、やっぱり急ぎすぎるのは良くないわ！　お互《たが》いに誤解も解けたんだし、徐々《じょじょ》にいつも通り話せるように頑張りましょう！」

「そうだね、それがいいね」

僕たちはお互いに顔を赤くしながら、そう言い合った。

時間を確認《かくにん》すると休憩終わりの五分前だったので、僕たちはそのまま二人で歩いて戻ったのだった。

＊

それから僕と玲奈の関係は、少しずついつも通りに戻っていった。

今までのように頻繁にメッセージで連絡を取るようになったし、ご飯も一緒に食べるようになった。桃瀬さんも合わせて三人で賑《にぎ》やかにお昼を食べるのが恒例《こうれい》となっていった。

だけどそうして一週間が経《た》った頃《ころ》——ちょっとした事件が起こったのだった。

「あれ、今日は桃瀬さん来なかったわね」

「ほんとだね……どうしたんだろう」

玲奈の楽屋で一緒にお昼を食べていた僕たちだけど、それまで毎日のようにお弁当を持ってやってきていた桃瀬さんがその日は来なかったのだ。

桃瀬さんと急速に打ち解けていた玲奈は、残念そうに唇を尖《とが》らせていた。

「むうっ、桃瀬さんおすすめの少女マンガ読んだから、それで盛り上がれると思ってたのに」

「ははっ、そんなことしてるんだ」

「桃瀬さん、すっごくセンスがいいの！　すすめてくれるマンガ、全部面白《おもしろ》いわ！」

「僕も今度聞いてみようかなあ。少年マンガとかも読んでるのかな？」

「うーんわからないわ、私が話してるときは少女マンガの話ばっかりだから。でも、マンガ大好きだから喜んで色々話してくれると思うわよ」

「へー、そうなんだ」

僕たちはその場にいない桃瀬さんの話で盛り上がっていたけれど、そのあとお昼休憩が終わって現場に戻ってからも、桃瀬さんはどこかよそよそしい態度をとってきた。

いつものように、元気に声をかけてくれない。

特に玲奈のことは見てわかるほど避けていた。様子を見ていてもどうも元気がなく、明らかに何かあったのだろうと勘《かん》ぐってしまった。

だから僕はタイミングを見計らって声をかけに行ってみた。

「桃瀬さん、どうしたの？」

「ひゃ？　あ、天野先輩でしたか」

桃瀬さんはびくりと肩を震《ふる》わせて振り向いたが、僕であることを確認するとふうと少し安心したように息をついた。

「さっきから何だか様子がおかしいよ。何かあったの？」

「は、はい……実は、み、見ちゃいけないものを、見てしまいまして……」

「見ちゃいけないもの？」

「お二人が、喋《しゃべ》ってるところです」

桃瀬さんは、寂しそうな顔でそう言った。

僕はどきりとする。

一度言葉を止めたのち、桃瀬さんは意気消沈《いきしょうちん》した様子で続けた。

「音羽、全然気づかなかったんです。水沢さんとは結構いい感じで打ち解けられてると思ってて……だから、実は壁を作られてたなんて思ってなくて」

「ああいや……うーん」

「水沢さんって、普段はあんな喋り方《かた》なんですね」

「それはまあ、そうなんだけど」

確実に誤解を生んでいるけれど、かといって否定することもできず、僕の返事は煮《に》え切らないものになってしまう。そうしているうちに桃瀬さんの表情はどんどん曇《くも》っていった。

桃瀬さんは、本気で落ち込《こ》んでいるようだ。それもそうだ、初対面であれだけ取り乱すほど玲奈のことが大好きなのだ。壁を作られているとわかれば、ショックを受けるのは当然だ。

「音羽……水沢さんの横にいると、迷惑《めいわく》がられてるんでしょうか」

「いや、そんなことないよ！」

「でも……天野先輩と二人で喋ってるときの方が、水沢さん、生き生きしてるように見えました。音羽が邪魔《じゃま》なら……それはそれでいいんです。音羽、推《お》しの幸せが一番ですから」

「待って待って、そんなに思いつめないで！　うーん……なんて言えばいいんだろう」

僕が言うべき言葉を考えていると、桃瀬さんはぺこりと頭を下げる。

「すみません、失礼します。天野先輩」

そして、そそくさと立ち去ってしまった。

僕はその後ろ姿を見て、頭を悩《なや》ませる。

(どうすれば、いいのかな……)

玲奈が素の表情で接してあげられればそれに越《こ》したことはないんだけど、それができたら元からやっているわけで。事情を説明するにしても信じてもらえるかはわからないし、結局壁を作られていると感じてしまうかもしれない。

でも、このまま二人が疎遠《そえん》になってしまうのは嫌だった。

ここ一週間、玲奈はすごく楽しそうだった。いつもの天才女優モードではあるけれど、桃瀬さんには明らかに心を許していたし、さっきも桃瀬さんが来ないのをすごく残念そうにしていた。桃瀬さんがこのまま楽屋に来なくなってしまえば、きっと悲しむに違いない。

桃瀬さんのため、そして玲奈のため、何かできないだろうか。


結局、考えがまとまらないまま翌日になってしまっていた。

お昼休み、何も知らない玲奈は不思議そうに首を傾げていた。

「桃瀬さん、今日も来ないわね……？」

僕はそんな玲奈のことを見ていたけれど、そこで口を開いた。

「玲奈、実はそのことなんだけど」

「あれ、海斗は何か知ってるの？」

「うん。桃瀬さん、僕たち二人がこうやっていつも通り喋ってるところを見ちゃったんだって。それでちょっとショックを受けたみたいで」

玲奈は表情を凍《こお》らせた。

そしてお弁当を食べようとしていた手を止め、箸《はし》を置いた。

「それは、困ったわね……」

「玲奈にぐいぐい距離《きょり》詰《つ》めてたのが迷惑だったのかもって落ち込んでたよ。たぶんそれで来なくなっちゃったんだと思う」

「そ、そんなわけないじゃない！　私、桃瀬さんと話すのすっごく楽しんでたのに……」

それは僕だって知っている。玲奈は困ったような顔をした。

「……どうすればいいのかしら」

「理想をいえば、玲奈が今と同じような感じで桃瀬さんに接してあげられればそれに越したことはないんだろうけど」

「そう、よね……」

玲奈は頷きながらも、苦い顔を浮かべていた。

僕はそこで昔の記憶を思い出していた。

僕たちが小学一年生だった頃、入学しても人見知りで臆病《おくびょう》な性格のせいで僕以外に友達が作れなかった玲奈は、いつも僕の後ろにくっついていた。だけどある日、何を思ったのか高らかに宣言してきたのだった。

『私、海斗のほかに友達作る！』

『えっ？　あっうん、いいんじゃない』

『あぁーっ、海斗今そんなこと私にできないってばかにしたでしょ！　むうっ、できるったらできるんだから！』

そんなふうに胸を張るものだから、僕は遠目から見守ることにした。玲奈は意気込《いきご》んでクラスメートたちの輪に入ろうとするのだが、会話のラリーになったタイミングでうまく言葉が出てこずに俯いてしまい、クラスメートたちを困らせていた。結果として友達どころかまともに話もできず、帰り道、泣きじゃくって僕に抱《だ》き着いてきたのだった——

（何か、重なっちゃうなあ……）

もちろんあれから八年以上も経っているのだから、玲奈だって変わっている。とはいっても玲奈が二の足を踏《ふ》む理由もわかるのだ。

だけどそこで、玲奈はぐっと拳を握ったのだった。

「海斗！　私、チャレンジ、してみる！」

「え？　チャレンジって……」

「桃瀬さんと……今みたいに、素で喋ってみるわ！」

「大丈夫なの？」

思わず心配の声をかけてしまったけど、そうすると玲奈はぐっと唇を嚙んだ。

「わからない……実は去年も結構話すようになった共演者の女の子に素で喋ろうとして、でも言葉がうまく出てこなくて結局いつもの喋り方に逃げちゃったの」

「そうだったんだ」

「でもでも、桃瀬さんすごく良い子だし、私のことで悲しんでほしくない……それに今は海斗がいるもん。海斗が隣《となり》で支えてくれるなら、私、できる気がするの」

「そっか。じゃあ、さっそく桃瀬さんを捜しに行く？」

するとと玲奈は慌《あわ》てたように両手を前に出し、ぶんぶんと振った。

「心の準備とか色々あるから……あ、明日でいいかしら？」

「いいよ。じゃあ、明日一緒に桃瀬さんのところに行こう」

「う、うん……」

玲奈はちょっぴり不安そうだった。

そうして迎えた翌日、僕は桃瀬さんのことを呼び出していた。

「あっあの……天野先輩、話って何ですか？」

「用事があるのは僕じゃないんだ。玲奈からどうしても話したいことがあるって」

「み、水沢さんからっ？」

僕は「玲奈」と二人きりのときだけに使う呼び方をあえて使った。玲奈の名前を出すと、桃瀬さんはびくりと肩を震わせた。

そこにやってきたのが玲奈だ。

いつになく緊張《きんちょう》した面持《おもも》ちを浮《う》かべている。

玲奈は無言のまま桃瀬さんの前に立つと、ぐっと、その肩を両手で掴《つか》んだ。

「ひゃあっ？」

そして何かを言おうとしたのだが、うまく言葉が出てこないらしく、もごもごしていた。

桃瀬さんの方はいきなり玲奈に肩を掴まれて顔と顔が至近距離まで迫ったことであたふたしていたのだけど、その状態から何も起こらないことで、困惑した表情を浮かべていた。

「水沢さん？　えっと、これはどういう……」

玲奈を見ると顔が赤くなっていた。

もどかしそうに口をぱくぱくするのだけど、言葉が出てこない。

僕は嘆息《たんそく》し、後ろからちょんちょんと突《つつ》いた。

「玲奈、一旦《いったん》落ち着こう。はい、深呼吸して」

僕の言葉で玲奈は桃瀬さんの肩から手を離《はな》し、一歩距離を置いた。そして胸に手を当て、すうはあと一度深呼吸した。桃瀬さんは相変わらず状況がわからないとばかりに茫然《ぼうぜん》と玲奈のことを見つめていた。

見ると、玲奈の手はちょっぴり震えていた。

僕は後ろから近づき、その右手をぎゅっと握ってあげた。

「ほら玲奈、大丈夫だよ」

「海斗……う、うん」

玲奈は僕の方を見て少し相好を崩すと、改めて桃瀬さんの方へと顔を向け、それから体を強張《こわば》らせたまま口を開いた。

「あ、あの……桃瀬、さん」

普段の玲奈からは考えられない、か細く弱々しい声。

桃瀬さんは目を丸くしていた。

玲奈は僕の手を握る力を強めたのち、視線を泳がせながらたどたどしく続けた。

「ご、ごめんね。私、素だとこんな感じですごく人見知りで……」

「水沢、さん?」

「というわけなんだ。実は玲奈、昔から素だとこんな感じで……だから仕事上うまく人付き合いができるように、いつもの天才女優の振《ふ》る舞《ま》いを演じてるんだ。そんなわけで今までも、玲奈は桃瀬さんに壁を作ろうとしてたわけじゃないんだけど……納得してもらえたかな?」

「は、はいっ!」

玲奈が頑張って素で喋ったおかげで、桃瀬さんはすうっと理解することができたようで、じっと玲奈のことを見つめていた。

「げ、幻滅《げんめつ》したかしら……?」

玲奈は少し怯《おび》えたような上目遣《うわめづか》いで桃瀬さんのことを見た。

完璧《かんぺき》な女優としての姿に憧《あこが》れた桃瀬さんだから、こんな姿を見たらがっかりするんじゃないか。玲奈はそんな不安を抱いたんだろう。

でも、僕は桃瀬さんから聞いている。

もし玲奈の素が世間のイメージと違《ちが》っても、それはむしろ喜んでしまうと。

だから僕は落ち着いた心持ちで、じっと桃瀬さんの反応を待っていた。

「か、か、か……」

と、桃瀬さんは、何だか悲鳴のような声を上げる。

口に手を当て、体を震わせ——

そしてすぐに、感情を爆発《ばくはつ》させた。

「可愛いぃぃぃぃ！」

桃瀬さんは玲奈に駆《か》け寄り、ぎゅうと抱きしめていた。

玲奈は突然《とつぜん》のことに驚《おどろ》きの声を上げる。

「も、桃瀬さん……？」

「そ、それは反則です！　可愛すぎます！　ああもう、どうしてくれるんですか、頬ずりとかしてもいいですかっ？」

「い、いいけど……あ、あの、私のこと、幻滅してない？」

「するわけないですっ！　むしろ、今、更《さら》に大好きになっちゃいました！　これからも水沢さんは、音羽の推しです！」

「そ、そう……」

玲奈はほっと胸を撫《な》でおろしていたけれど、それから小さく嘆息し、桃瀬さんに言った。

「えっと、一つお願いがあるんだけど……推しって言われると何だか距離がある気がして、ちょっと嫌なの……」

「ええっ？　で、でもそしたら音羽はどうすればいいんですかっ？」

「だ、だから……推しとかじゃなくて、普通《ふつう》に友達になってくれないかしら？」

遠慮がちな上目遣いでそんなことを言われた音羽は、ぱあっと顔を輝《かがや》かせ、玲奈の手をぎゅっと掴んでぴょんぴょん飛び跳《は》ねる。

「な、なりますっ！　もちろんなりますっ！」

そしてそれから、玲奈のことを見ておずおずと尋ねた。

「あっあの、それじゃあ親交の証に玲奈さんとお呼びしてもいいでしょうか？」

「え？　も、もちろん！　じゃ、じゃあ……私は、音羽ちゃんって呼んでもいいかしら？」

「ふぎゃああっ！」

桃瀬さんは奇声《きせい》をあげて地面に倒《たお》れ込んだ。

「は、破壊力抜群《はかいりょくばつぐん》です！　玲奈さんからそんな呼び方していただけるなんて……幸せ……」

「そ、そう？　喜んでもらえるならいいんだけど……」

「天野先輩も、音羽のことは名前で呼んでいいですよ！」

「わかったよ。じゃあ、音羽って呼ばせてもらうね」

「はいっ！」

こうして、玲奈に、初めて素をさらけ出すことのできる同性の友達ができたのだった。

第二章　共演者という関係

第八話の撮影《さつえい》が終了し、第九話の撮影期間中。

僕と玲奈《れな》、そして音羽《おとは》の三人が楽屋でお昼休憩をとっているところに、いつになく慌てた様子の森田監督《かんとく》がやってきた。

「休み中にすまん、ちょっと確認を忘れてたことがあった」

「どうしたんですか？」

「天野《あまの》、お前、泳げるか？」

「え？　まあ人並みには……平泳ぎとバタフライはそこそこですけど、クロールはかなり得意です。トレーニングに水泳を組《く》み込んでた頃があってそのときは毎回一キロくらい泳いでたので」

突然の質問に戸《と》惑《まど》いつつもそう答えると、森田監督は安堵《あんど》の表情を浮かべた。

「そうか、それはよかった。十話、十一話は島でのロケだろ？　それでこの前渡《わた》した台本にはなかったんだが天野と水沢《みずさわ》が泳ぐシーンを入れるつもりでな。調整を進めてたんだが、さっき天野が泳げるかどうか確認するのを忘れてたことに気づいたんだ」

「なるほど、そういうことでしたか」

　質問の意図がわかり、僕は一度頷いた。森田監督は今度は玲奈の方に顔を向け、こちらは確認程度に軽い感じで聞く。

「あとは、水沢は確か泳げたよな」

「え？　あ、えっと……」

「はい！　玲奈さんはインタビューで得意な泳ぎ方が平泳ぎって回答してました！」

「それなら良かった。台本にはその変更《へんこう》を加える形で進めておくぞ。じゃあすまん、三人とも邪魔したな」

　玲奈は何か言おうとしたが、それより先に生粋《きっすい》の玲奈オタクである音羽が手を挙げて代わりに答えていた。玲奈が驚いたように目をぱちくりさせているうちに、森田監督はさっさと部屋を立ち去ってしまった。

「楽しみですね！　そういえば玲奈さんが泳いでるシーンって映画とかドラマで観《み》たことなかったので、貴重なシーンです！」

「あ、うん……」

「いいなー、音羽もお二人と一緒《いっしょ》に海水浴したかったです！」

音羽は楽しそうに目をキラキラ輝かせる。その一方、玲奈はというとほんの少しだけ顔を曇らせていたのだった。


「か、海斗《かいと》！　助けて！」

その日、音羽が撮影に入り二人きりになったタイミングで、玲奈はそう泣きついてきた。

「えっと……何？」

「お昼の話！　私と海斗が泳ぐシーンを入れるって森田監督が言ってたでしょ！」

「ああうん、言ってたね。それがどうしたの？」

するると玲奈は一度俯き、少しだけ迷いを見せたあと、意を決したように告白した。

「私、本当は泳げないの！」

「え？　そうだったの？」

羞恥《しゅうち》で頬を赤らめる玲奈。僕は思わず目をぱちくりさせた。

「だったらどうしてさっき言わなかったの？」

「だってだって……私が泳げるって言ってた音羽ちゃんの目が眩《まぶ》しすぎて……泳げないなんて言い出せなかったの」

「た、確かに」

玲奈は心底困ったように頭に手を置く。

そもそも、インタビューで好きな泳ぎは平泳ぎであると答えたのは事実らしい。ただそのときはアンケートにクロールやバタフライ、背泳ぎなど泳ぎ方が候補として載《の》っているだけで、泳げないという回答がなかったため、まだちょっとだけ進んだことのある泳ぎ方を書いたのだという。

「花梨《かりん》さんが悪いんだもんっ！　どれも泳げないって言ったのに、一番ましなものでいいから丸をつけてくださいって言うから！」

「な……なるほど。まあ、そういうのって時々あるよね」

「森田監督もその記事を知ってたのかしら……私が泳げるって思ってたし」

「それじゃあ森田監督に今からでも言いに行く？　僕もついていってあげるよ」

そういう話の流れかと思って先に提案を口にした僕だけど、玲奈は首を横に振り、それから少しだけ顔を赤らめた。

「そ、そういうことじゃなくて……海斗には別のお願いがあるの」

「別のお願い？」

「えっと……泳ぎの練習、付き合ってくれない？」

「え？　撮影までに泳げるようになるつもりなの？」

玲奈はこくりと頷《うなず》いた。

「うん。ちょっとした手違《てちが》いとはいえ、水沢玲奈は泳げるっていう情報が世間には出ちゃってるわけだから……私、それを嘘《うそ》にしたくないの。それにさっきもらった台本の修正版、泳ぎのシーンがすごく良いアクセントになってたし」

「さすが、プロだね。まあ森田監督もわざわざ後から追加したくらいだし、必要なシーンなんだろうけど」

自分のイメージを壊《こわ》さないように努めるという点で、玲奈はどんな些細《ささい》なこともきっちりやる女優だ。僕はその姿勢に感服していた。

「うん、泳ぎの練習に付き合うのは全然構わないよ」

「ありがとう、海斗！」

「こっそりやるってことだよね？　森田監督とか音羽には内緒《ないしょ》？」

「う、うん……まずいかしら」

「一応、僕がそれとなく森田監督には話をしておくよ。ただ練習するならなるべく早い方がいいよね。一度見てみないと、撮影に間に合わせるのは絶望的って可能性もあるから」

「じゃあ、明日はどう？　ドラマ撮影はオフだけど、仕事とか予定入ってるかしら？」

「ええと、ちょっと待って」

　有希《ゆき》さんから送られてきたスケジュール表をチェックするが、特に仕事は入っていない。学校が夏休みに入ってから初めての全休だった。プライベートでも何も予定は入れていないので一日フリーだ。

「何時《いつ》でも大丈夫《だいじょうぶ》だけど……そういえば場所ってどうするの？　普通のプールを使うのはまずいよね、玲奈が行くとすぐに大騒《おおさわ》ぎになっちゃいそうだし」

「それならあてがあるの！　海斗、この前うちのマンションに来たでしょ？」

「あ、うん。一話のオンエアを一緒に見たときだよね」

「実はうちのマンションって十階に入居者が運動できる設備があるの。最新器具の揃《そろ》ったトレーニングジムもあるし、その横に屋内プールもついてるの」

「そ、そうだったんだ！　さすが高級マンション……」

「完全予約制だからプライバシーも守られるし、いいと思うんだけど……どうかしら？」

「うん。それなら大丈夫そう」

　僕が首を縦に振ると、玲奈はぱっと顔を輝かせた。

「本当？　じゃあ夜にまた連絡《れんらく》するわ！　プールの予約も確認しないといけないし」

「オッケー、了解《りょうかい》」

　そうして僕は玲奈の泳ぎの練習に付き合うことになったのだった。

＊

翌日、僕《ぼく》は久しぶりに玲奈の住むマンションへとやってきていた。

集合時刻は少し遅《おそ》く、午後四時から六時までの二時間を予約しているとのことだった。

おかげで僕は午前中しっかり睡眠《すいみん》をとり連日の仕事疲《づか》れから回復することができていた。

身支度《みじたく》をすませて家を出て、マンションのエントランスまでやってきたのが三時四十五分。すでに玲奈は待っていたようで、携帯《けいたい》を手にそわそわした様子だった。

「お待たせ、玲奈」

「あ！　海斗！　ううん、全然待ってないわ」

声をかけると、ニコニコ顔で歩み寄ってくる玲奈。

そのまま二人でエレベータまで向かい、直接十階へと上がった。すると奥《おく》に入ったところに確かに立派なプールがあった。見たところ二十五メートルよりは短いけれど、十分な長さがある屋内プールだ。しかも誰《だれ》も使っていない。

「すごいね！　これってもしかして貸し切り？」

「うん。時間ごとの枠《わく》があって、予約した枠は貸し切りで使っていいみたい。その分予約回数には制限があるらしいけど」

「そうなんだ」

「更衣室《こういしつ》はそっちが男性用ね。じゃあ、着替《きが》えたらまたここに集合しましょう」

「了解」

　更衣室はジムの方と共同になっていて、マッチョな男の人が一人着替えていた。僕は適当なところに荷物を置き、水着に着替え始めたのだけど、着替えている最中に胸がどきどきしているのを感じていた。

（うう、なんか緊張してるのかな……）

　昨日はドラマのためだからと思って普通に引き受けたけれど、プールは貸し切りで二人きり。監視員《かんしいん》の人は一応奥の部屋からリモートで見ているらしいものの、視界に入る範囲《はんい》には自分たちしかいないという状況《じょうきょう》。

　そこで水着姿の好きな女の子と二人きりというのは、どうやっても緊張してしまう。

（玲奈、どんな水着を着てくるんだろう……）

　昨日の夜から密《ひそ》かに楽しみにしてしまっている自分がいて、ちょっぴり罪悪感があった。

　玲奈の方は真剣《しんけん》なんだし、ただ泳ぎの練習をするだけだから海や市民プールに出かけるようなお洒落《しゃれ》な水着ではないだろう。普通にスクール水着かもしれない。とはいえそれはそれで楽しみなような。

僕は手早く水着に着替えると、ロッカーに鍵《かぎ》をかけて先ほどの場所へと戻《もど》ってきた。まだ玲奈は来ていない。待っていると女子更衣室から顔を出したのは少しだけ顔を赤らめた玲奈だった。

その姿を見て、僕はびっくりする。

玲奈の水着が、予想外に大胆《だいたん》なものだったからだ。

水色で柄《がら》の入ったお洒落なビキニなのだけど、一般的《いっぱんてき》なものよりも明らかに布面積が小さい。そのため肌色《はだいろ》が多く、ドキドキしてしまう。目のやり場に困った僕は慌てて下を向いてしまった。

「ど、どうしたの海斗？　何か変かしら？」

「変っていうか、うん、いいと思うけど……」

「何？」

「何ていうかその、大胆な水着だね。そういうデザインが好きなの？」

「……ええっ？」

玲奈は間の抜《ぬ》けた声を出し、それから何度か瞬《まばた》きをした。それからみるみるうちに顔が赤くなっていく。

「み、水着ってこういうのが普通じゃないの？」

「どうなんだろう……それは結構派手というか、かなり露出《ろしゅつ》多めな気が……」

「そ、そうなの？　ほんとに？」

　この慌てまくった反応を見るに、玲奈は自分の着ている水着が相当攻《せ》めたものであることを認識《にんしき》していなかったらしい。僕と二人きりという状況であえてこの水着を選んできたのかと思って動揺《どうよう》した僕だったけど、勘違《かんちが》いに気付いて平常心を取り戻した。

「うう……あ、あんまり見ないで」

「わ、わかったよ」

「もーう音羽ちゃん……こういうのが女子高生のスタンダードって言ってたのに……」

「え？」

「な、なんでもない！　気にしないで！」

　玲奈が思わず漏《も》らした恨《うら》み節《ぶし》。どうやら音羽に変なことを吹《ふ》き込まれていたようだ。

　変な空気になってしまったため、一旦落ち着くために二人で準備体操をする。無言で思い思いの体の動かし方をしていた僕と玲奈だけど、僕が手首足首をぐるぐる回していると、玲奈がちらちらとこちらを見てくるのに気付いた。

「どうしたの、玲奈？」

「ひゃあっ？　な、何でもないわ」

「いやものすごく視線を感じたけど……僕の準備体操、おかしい？」

「そうじゃなくて……その……」

玲奈は言いにくそうに顔を逸《そ》らすと、ぽつりと呟《つぶや》くように言う。

「海斗、鍛《きた》えてるんだなあと思って」

「え？　僕？」

「う、うん。痩《や》せてるのに筋肉はすごくがっちりついてて……って、ご、ごめんなさい！　その、変な目で見てたわけじゃなくて、ええと視界に入ってきたから」

「わ、わかってるよ。僕だって思わず見ちゃったし、お互い様《さま》だよ」

「そ、そうよね。じゃあ準備体操しなきゃ……」

そう言うと玲奈は慌てて僕から視線を外し、ぎこちなく体を動かし始めた。

役者としての基礎《きそ》体力をつけるべくトレーニングを日課にしている僕はそれなりに引き締《し》まった体をしている自負はあったけど、玲奈から直接言われるとは思っていなかったので驚いてしまった。

ともかく十分体をほぐした僕たちは、ゆっくりとプールへ入る。狭《せま》いプールだけど意外と底は深く、一番深い場所だと僕でなんとか足がつくくらいの深さがあるみたいだ。端《はし》は浅く中央にいくにつれて深くなる構造だった。

「じゃあ、さっそく試《ため》しに泳いでみようか。ビート板も持ってきたけど……一旦は、玲奈の実力が見てみたいかな。なんでもいいから泳いでみせてもらうことってできる？」

「うん。やってみるわ」

帽子《ぼうし》にゴーグルをつけて、玲奈はゆっくりと息を吸《す》い込む。そして勢いよく壁《かべ》を蹴《け》り、まっすぐ体を伸《の》ばしていく。

最初は悪くない。口では泳げないと言っていたけれど、この感じだとそれなりに泳げるのかもしれない。そんなふうに期待した僕だったけど――

「あら……」

期待はほんの一瞬《いっしゅん》だった。

わずか数メートル進んだところで、玲奈はばたばたと苦しそうにもがく。犬かきよりもひどい体の動かし方で、泳いでいるというより溺《おぼ》れているという表現の方が的確だった。

僕は慌ててクロールで近づくと、玲奈の両手をぐっと持ってあげる。

「大丈夫だよ、ここは全然浅いから。足がつくよ」

「あっ……ほんとだ」

玲奈は足を伸ばして床《ゆか》に着くことを確認《かくにん》すると、ようやく落ち着いた。立ち上がってゴーグルを外し、それから顔を赤らめる。

「……たぶん、今のが私のベストパフォーマンス」

「なるほど、玲奈の実力はよくわかったよ。じゃあまずはビート板を使ってバタ足で泳ぐところから始めようか。一旦《いったん》端《はし》っこまで歩いて戻ろう」

「わかったわ」

それから玲奈の水泳練習が始まった。

僕も人に泳ぎ方を教えた経験はあまりないけれど、昨日のうちにネットで色々調べて何となくのイメージはできていた。最終的なゴールは映像で不自然じゃないくらいに泳いでみせることなので、長く泳げる必要はない。平泳ぎなら息継《いきつ》ぎから次の息継ぎまでの数秒だけ泳げれば十分だ。

玲奈はどうにも水泳に苦手意識があるらしく、最初は怖《こわ》がったり体を強張らせたりしてしまってなかなか苦戦したけれど、一時間もやっているうちにちょっとずつコツを掴んできたようだった。もともと運動神経は悪い方ではないのだ。

「よおし、それじゃあ次はいよいよ息継ぎありで泳いでみよっか。手と足の動きはさっきやった通りだよ」

「う、うん！　やってみる！」

玲奈はぐっと拳《こぶし》を握《にぎ》り、こくりと頷いてみせた。

そして壁を蹴り、泳ぎ始める。

ぎこちなく、たどたどしいけれど、ちゃんと前に進んでいる。僕は後ろから様子を見守っていたけれど、玲奈が思ったよりも前へ行っていたので慌てて後ろから声をかけた。

「あれ、もう大丈夫だよ？　五メートルくらいって……」

だけど泳ぐのに必死の玲奈には、聞こえていないらしい。

そして十メートルちょっと進んだところで、玲奈は息継ぎを失敗してしまった。どうやら思い切り水を飲みこんでしまったらしく、慌ててもう一度顔を水面の上に持ち上げようとしたところで、何とか保っていたバランスを崩《くず》してしまう。

その結果、玲奈は、ばたばたともがき出す。

「あ、足、つかない……！」

最初に泳いだときとは違って、玲奈がいるところは深い。玲奈の身長だと、足がつかないくらいの深さだ。そうとは知らずに足をつこうとして空振《からぶ》りしてしまった玲奈は、パニックになって体をばたばたさせる。

「すぐ行く！　大丈夫！」

僕は全速力で泳ぎ、玲奈の前にやってきた。何とか足はつくけど、そうすると口のあたりまで水面に入ってしまう。僕は少し背伸《せの》びしたまま、玲奈へと声をかける。

「こっち、掴まって！」

そうして手を伸ばした僕だけど、パニック状態の玲奈は、手を掴む代わりに、しがみつくようにぎゅっと体を寄せてきた。僕の背中に手を回し、ぐっと抱き着いてくる。

そうすると必然的に、お互《たが》いの身体が密着してしまうわけで。

僕たちは水着姿だ。ほとんど裸《はだか》で抱き合っている格好《かっこう》になり、僕は焦《あせ》る。訳も分からず力強く抱き着いてくる玲奈の背中をぽんぽんと叩《たた》き、僕は耳元に向かって声をかけた。

「玲奈、玲奈！　落ち着いて！」

「ひぇ……？」

溺れていた際にゴーグルが取れていたらしく、目を瞑《つぶ》っていた玲奈は、恐《おそ》る恐るといったふうに目を開ける。そしてようやく今の状況に気付いたようで、慌てて体を離した。

「ごご、ごめん海斗」

「ああうん、落ち着いて。僕の手を掴もう。まだここは深いから、向こうに移動しよう」

「あ、うん……」

そうして足がつくところまで移動すると、床に足をつけた玲奈は、耳まで真っ赤になったまま申し訳なさそうな視線を向けてくる。

「ごめんね、海斗、今のは全然わざとじゃないというか……」

「もちろんわかってるよ。僕の方こそごめん、ずっと隣をついて行ってあげればよかったのに少し油断しちゃった。次からはビート板をもって横を泳ぐことにするよ」

「それだと安心かも……」

僕は何とか平静を装《よそお》って喋《しゃべ》っていたけれど、内心バクバクだった。だって、玲奈とこんな姿で抱き合っていたのだ。何も遮《さえぎ》るものなく玲奈の体温を直に感じたし、少し控《ひか》えめな胸の膨《ふく》らみもしっかりと感触《かんしょく》を感じた。それがフラッシュバックしてしまい、玲奈の顔をまともに見られない。

「じゃあえっと、今のは疲《つか》れたと思うし少し休憩《きゅうけい》しよっか。時間も残り二十分くらいだから、最後に何回か泳いでコツを掴もう」

「う、うん」

そうして休憩を挟《はさ》んでからの数回で、玲奈の泳ぎはどんどん良くなった。プールの端から端までは泳げないけれど、数秒のカットだけ泳いでみせればいいことを考えると十分格好がつくくらいにはなっていた。

「よおし、終わりにしよっか。あがろう、玲奈」

「うん！　だいぶ感覚がわかった気がするわ！」

僕たちはプールから上がり、それぞれ更衣室へと入った。

至《いた》れり尽《つ》くせりというべきか、プール使用者用のタオルの貸出サービスがあって、奥の部屋の係員が出てきて渡してくれた。ふかふかのバスタオルで、それを持ってシャワーを浴びに行く。シャワールームにはシャンプーやボディーソープが置いてあり、しっかりと体を洗ってゆっくり髪《かみ》を乾《かわ》かしてから更衣室を出た。

プールを出て、エレベータの前に出たところにソファーが置かれている。そこには自動販売機《はんばいき》もあり、僕は財布《さいふ》を取り出してペットボトルのお茶を買った。ごくごくと喉《のど》を潤《うるお》し、携帯を取り出して有希さんから来ていた事務連絡のメッセージに返信する。するとすぐに向こうから返信が返ってきたので、そのままやりとりをしていると、ちょうど終わった頃《ころ》に玲奈が出てきた。

「ごめん、待たせちゃったかしら」

「ううん。ついさっきまで有希さんと仕事の連絡してたから」

「それならよかったわ。今日はありがとね海斗、休みの日に付き合ってもらっちゃって」

「大丈夫、こんなことでよければいつでも付き合うよ。より良い作品のためになんでも協力するって言ってるんだしね」

実際、僕たちはお互いに色々な協力をしてきた。玲奈は僕の演技練習にいつも付き合ってくれるし、僕が役作りのために一緒に遊園地に行ったこともあった。

「それじゃあ……えっと」

玲奈は何かを言おうとしたけれど、途中《とちゅう》で口をつぐんでしまった。

僕はちらりと携帯で時刻を確認した。六時半だ。さっきまで運動していたからお腹《なか》も空いているし、夜ご飯を食べるにはちょうどいい時間だった。

実は昨日プールの時間を聞いたときから密かに考えていたのだ。

このマンションは駅から徒歩一分という好立地で、駅前にでも行けばいくらでもレストランがある。撮影終わりだと既《すで》に夕食休憩を挟んでいることが多く、なかなか誘《さそ》う機会もなかったから、オフの日のこの時間というのは絶好のタイミングだ。

だから僕は誘いの言葉を口にしようとしたのだけど、そこで言葉に詰《つ》まってしまった。

(あれ……こういうとき、どんなふうに誘えばいいんだっけ……？)

今までどんなふうにして誘っていただろう。そうやってここ数か月の玲奈との思い出を辿《たど》っていった僕だけど、そこでとあることに気づいてしまった。

考えてみれば――僕は、玲奈を、プライベートで何かに誘ったことがない。

もっと言ってしまえば、僕は玲奈とドラマと関係ないプライベートな関わりを全く持っていないのだ。

玲奈と再会してから数か月、玲奈とは毎日のように一緒にいて、たくさんの思い出を作ったつもりだった。でも水沢旅館に行ったのも玲奈の家を訪問したのも遊園地に行ったのも、二人きりでお昼に練習したり夜に通話したりしたのも、全てドラマのためだ。プライベートでの関わりではない。

（あれ……じゃあ僕たちの関係って……？）

そんなふうに考えると、どんどん不安になっていってしまった。この数か月ですごく親密な関係になれたと勝手に思っていたけれど、ドラマ抜きだとご飯を食べたことも遊びに行ったこともないのだ。

「海斗、どうしたの？」

と、そこでちょんちょんと肩《かた》を突かれる。

「え？　あ、ごめん。少し考え事してて」

「もう、突然黙《とつぜんだま》り込《こ》んじゃうからびっくりしたわ」

玲奈はちょっぴり頬《ほお》を膨らませてみせたけど、僕はそれどころじゃなかった。結局何も言葉が出てこなくて、僕はふうと息をついた。

「えっと、それじゃあ解散しよっか」

「……え、ええ。そうね」

もしかしたら玲奈の方から誘ってくれるかもと少しだけ期待したけれど、玲奈は僕の言葉にこくりと頷いただけだった。

「下まで送っていくわ。スーパーで買い物しておきたいし」

「ありがとう。じゃあお言葉に甘《あま》えて」

マンションの下で玲奈と別れてからも、帰り道で僕はしばらく考えてしまっていた。

ここ数か月の玲奈との思い出、そして僕と玲奈の関係性について。

（玲奈は僕のこと、どう思ってるんだろう……？）

そんな問いは、しばらく僕を悩《なや》ませ続けたのだった。

＊

「おはようございまーす、天野先輩《せんぱい》」

「おはよう音羽。今日は早いね」

翌日は朝から撮影で、僕が現場入りすると既に音羽がやってきていた。まだ集合時刻の三十分前なのでかなり早い。

音羽は撮影用のセットのある部屋を出た踊《おど》り場《ば》にあるテーブル席にちょこんと腰《こし》かけて

いた。ぽんぽんとテーブルを叩いて促《うなが》してくるので、僕はその正面に座《すわ》る。

「あれ、それ台本じゃないよね？　何読んでるの？」

「フェス用の資料です。さっきマネージャーから渡されて早めに読んどけって」

「フェス？」

「今週末、ドームのおっきなフェスに出るんですよ。それ関連のやつですねー」

「ええっ？　音羽、撮影と掛《か》け持ちでドームに立つの？」

「まあそっちが本職ですからねー。あ、でももちろん演技の方で手を抜いてるわけじゃないです！　ちゃんと睡眠時間削《けず》れば時間は捻出《ねんしゅつ》できますよ！」

「だから疲れた顔してたのか……えっと、あんまり無理しないでね」

するとと音羽はちょっぴりきまり悪そうにぺろりと舌を出してみせた。疲れが見た目に現れているとは思っていなかったらしい。

音羽と接しているとつい忘れがちだけど、音羽は玲奈にも劣《おと》らないような才能を持った女の子だ。そうでないとドラマで物語後半の鍵となる重要な役を演じながらドームで歌うなんてことができるはずがない。

「ところで、さすがにドームのフェスってチケットはもう売り切れてるよね。知ってたらぜひ行きたかったんだけど」

「あ、一応関係者席ならまだ用意できるはずですよ。まあ残念ながら、天野先輩は撮影被《さつえいかぶ》ってると思いますけど」

「そっか。そういえば今週末はロケだっけ」

「そのロケはわたしの出番ないですからねー。うう、玲奈さんとお泊《と》まり……」

「まあでもそのあとのおっきなロケは音羽も来るんでしょ？」

「はいっ！　超楽《ちょうたの》しみですねー、離島《りとう》で四泊《ぱく》のロケなんてもう旅行みたいなものじゃないですか！　しかも玲奈さんと一緒なんて、この夏休み最大のイベントです！」

一気にハイテンションになる音羽に、僕は苦笑《くしょう》を返した。

今週末から来週にかけては連続で泊まりがけのロケ撮影が入っていた。週末が僕と玲奈のシーンで一泊二日、来週が僕、玲奈、音羽三人がメインのシーンで四泊五日というスケジュールになっている。

離島での撮影はドラマの十話から十一話前半までを占《し》めるかなり長尺なもので、その分スケジュールはぎしぎしなのだけど、仕事が詰まりまくっていて夏休みらしい夏休みを過ごしていない僕たちにとっては少しばかり心躍《おど》るイベントだ。

「そういえば昨日、どうでした？」

と、そこで音羽はさらっと話題を変えてくる。一転してにやにやと楽しそうな笑《え》みを浮《う》かべてこちらを見てきた。

「昨日って？」

「とぼけないでくださいよー、玲奈さんとプールで泳いだんですよね」

「……どうしてそれを知ってるの？」

「だってわたし、玲奈さんに水着を買いたいって相談されて午前中一緒にデパートで買い物してたんですから。そのあと二人でご飯食べてクレープも食べたんですよ！　ほら、インスタにそのときの写真あげてます！」

「ほんとだ……音羽、今まで見たことないくらいの満面の笑みだね」

「だってだって、超幸せ《ちょうしあわ》だったんですもん！　まさか玲奈さんに二人でお出かけに誘ってもらえるなんて……玲奈さんのクレープを一口貰《もら》ったとき、リアルでもうここで死んでもいいって思っちゃいましたよね！」

昨日玲奈がぽつりと漏らしていたけれど、やはりあの水着は音羽が絡《から》んでいたようだ。

音羽はそれから玲奈の可愛《かわい》かった話を三分くらい続けていたけれど、そこでようやく我に返ったらしく、少し顔を赤らめてこほんと咳払《せきばら》いした。

「し、失礼しました。それで水着を買うっていうから理由を聞いたんです。そしたら天野先輩とプールで泳ぐ約束をしているけどスクール水着以外の水着を持ってないから無難なものを選びたいって言うんですよー」

「なるほど、そうだったんだ。無難ねえ……」

「どうしたんですか天野先輩？」

「いや、どう考えても確信犯だろうなって。あれは玲奈に対する意地悪？」

「ち、ち、違《ちが》います！　玲奈さんにそんなことするはずないじゃないですか！　絶対の絶対にそんなことはないです！」

「でもそれじゃあ」

「ま、ちょっとしたアシストってやつですよー」

音羽は肩をすくめてそんなことを言った。

「玲奈さんとは色々お話ししたんですけど、あんな乙女《おとめ》な表情で相談されたら音羽としても一肌脱《ひとはだぬ》ぐしかないじゃないですか！　音羽、玲奈さんのこと超応援《ちょうおうえん》してるんです！　推《お》しの幸せは自分の幸せってやつですよー、幸せな顔をしてる玲奈さんからしか摂取《せっしゅ》できない栄養素があるんです！」

「……どういうこと？　全然何の話かわからないんだけど」

「ふふっ、天野先輩には秘密でーす！」

音羽はいたずらっぽい笑みを浮かべ、人差し指を口元に当ててみせた。僕は結局よくわからないままだったけど、音羽に喋る気がないようだったのでそれ以上の追及《ついきゅう》はやめることにした。


その日の撮影はすこぶる順調だった。玲奈の演技がいつにも増して冴《さ》え渡っており、三カットほど連続で本番一発オッケーが出たほどだ。現場がすこぶる良い空気のまま休憩に入ったところで、僕は森田監督に呼び止められた。

「おい、天野。今から俺《おれ》の部屋に来い」

「はい。えっと、今日の演技まずかったですか？」

「いや今日の演技とは全然関係ない話だ。ま、来ればわかる」

森田監督の控室《ひかえしつ》は僕たちの楽屋よりも更《さら》に奥にある。無言のまま監督の後ろを歩いていくのは緊張《きんちょう》した。

部屋に入ると椅子《いす》に座るよう促され、僕はパイプ椅子に腰かけた。すると手渡《てわた》されたのは第十二話と表に書かれた台本だった。

「これは……最終話の台本ですか？」

「ああ。仮のやつだけどな」

最近のドラマは小説や漫画《まんが》が原作になっていることが多いけれど、『初恋《はつこい》の季節』は恋《れん》愛《あい》ものとしては珍《めずら》しいオリジナル作品だ。そのせいもあって台本が完成するのはかなりギリギリで、撮影《さつえい》の二週間前くらいに該当《がいとう》話の最終的な台本が送られてくることが多い。

だけどこんなふうに未完成のものを見せられたのは初めてだったので、僕はその意図を測りかねていた。

「ま、とりあえず、何も考えずに読んでみろ」

「わかりました」

休憩時間だからあまり長々と時間は割《さ》けないだろう。そう思った僕はストーリーの流れを把握《はあく》することを目的としてかなりの速読を行った。数分で最後のページまで読み切った僕は、思わずため息を漏らしていた。

「なるほど……こんなふうにラストに持っていくんですね」

「展開自体は大したもんじゃない。明久《あきひさ》が動いて動いて動きまくって、それで別れることを決意していたあかりの心を揺《ゆ》さぶるんだ。二人が両想《りょうおも》いなのは最初から最後まで同じだからな。そしてひびが入った二人の関係は無事修復して、ハッピーエンド。シンプルだろ？」

「いや、確かに単純化するとそういうことですけど、この台本はすごいですよ」

「そうだな。十一話までの全ての積み重ねがあってこの十二話を完璧《かんぺき》な形で撮《と》れれば、恋愛物語として最高の仕上がりだ。俺はもう恋愛ものを撮らなくていいって思えちまうかもしれないな」

森田監督《かんとく》はそう言うと、表情を硬くして僕へとじっと視線を向けてきた。

「で、演れるか？　この台本」

それは僕がこの最終話の台本を読んだあとに自問した問いと全く同じだった。

森田監督の言いたいことは、よくわかる。

最終話の核《かく》となるのは、明久の感情の爆発《ばくはつ》だ。理性の範疇《はんちゅう》ではあかりのことを諦《あきら》めるためのたくさんの理由が浮かんできて、諦めろという結論を導くのだけど、その全ての鎖《くさり》を解き放つ感情の爆発。今までどちらかといえばクールで感情をあまり出さなかった明久が恥《はじ》も外聞も捨てて全力で動く原動力こそが恋《こい》なのだ。そこからは怒濤《どとう》の展開が続き、息もつかせぬままに最後のシーンまで流れていく。

このシーンは、僕一人で演じなければいけない。僕一人だけで。それは玲奈という眩《まばゆ》いばかりのスターと相対することを前提に緻密《ちみつ》な計算によって自分の演技をくみ上げてきた僕のスタイルとは相容《あいい》れないものだ。

言ってしまえば、僕の得意な小細工なしに真正面から感情をぶつけるということ。玲奈のような単独の演技ですべてを持っていけるような、エネルギーに溢《あふ》れる感情のこもった演技をしなければならない。

「確かに、難しいチャレンジにはなるかもしれないですね」

「そうだろうな。俺はお前の演技のスタイルも気に入ってるが……今回ばかりは、お前自身の殻《から》を破っていく必要がある。そういう演技をするお前が俺の中でどうにもイメージができなくてな、それで呼んだんだ」

森田監督の懸念《けねん》はわかる。

でも、今回ばかりは、僕には明確な勝算が見えていた。

だから僕は、即答《そくとう》することができた。

「大丈夫です。今から準備すれば、いけると思います」

「ほう。自信がありそうだな」

森田監督は、僕の言葉が予想外だったらしく、二度ほど瞬きをした。僕はその様子を見ながら、もう一度頭の中で自信の根拠《こんきょ》を確認していた。

まず基本となるのは、感情を込めた演技というのはどうやって生まれるのかという話。

有名どころではメソッド演技法がある。ロシアの演劇監督スタニスラフスキーが考案し、アメリカの演劇教師ストラスバーグが発展させた技法だ。ハリウッドでも普及《ふきゅう》していることの手法は、すごく簡単にいうならば役者の個人的な感情や経験を用いて役を深めることがベースになっている。

普段《ふだん》の僕は綿密な計算の邪魔《じゃま》になるためこういった手法を採用していないし、玲奈は台本を読んだだけで登場人物を深く直観できる天才的な感性を持っているから同じく採用していない。ただ、僕が感情を込めた演技をするならば、方針としてはメソッド演技法が説くようにに自分の過去を掘《ほ》り下げて感情を引っ張り出すのが一番の近道だ。

そして今回の明久の感情を、僕は持っている。

明久が感情を爆発させるのは、恋人《こいびと》として一度は付き合い、大切に思っていたあかりが姿を悔《くら》ましてしまったからだ。どうしても逢《あ》いたい人に逢えない、その積もり積もった感情によって明久は普段なら絶対にとらないような行動をとる。

どうしても逢いたい人に逢えない。

僕は、そんな感情を八年間もずっと持ち続けていたのだ。

あの八年間にため込んできた感情のバケツを思い切り逆さにすれば、いくらでも欲《ほ》しいものは降ってくる。その感情たちとじっくり向き合うことで明久の役を深め、演技として求められているものを発揮することができるという自信があった。

「……自信の根拠は聞かないでおこう。お前の思うように準備してきてもらうのが良さそうだ。一応、島でのロケが終わったあとに一度水沢も呼んで演技のすり合わせはさせてもらうから、大変だとは思うがそれまでに間を縫《ぬ》って準備してくれ」

「了解です、任せてください」

「まあ、体調だけは崩すなよ。今週末と来週に連続でロケがあってそのあとはいっきに最終話の撮影に突入《とつにゅう》するわけだから大変だとは思うけどな」

「言われてみればそうですね……遠慮《えんりょ》なさすぎですよ」

「ははっ、学校ある時期にさんざんセーブさせられたんだから仕方ないだろ。とはいえ俺も鬼《おに》じゃないからな、今週末の方のロケは少し緩《ゆる》めのスケジュールにした。一日目は早ければ夕方に撮影が終わるはずだぞ。夜はゆっくりできるわけだ」

森田監督はそう言ってから思い出すように続ける。

「今回泊まるホテル、俺は前にも泊まったことがあるんだけどな、あの近くに隠《かく》れ家《が》的なレストランがあるんだ。ステーキが絶品でな、個室で出入りも人目につかずにできるから芸能人もけっこう使ってるんだよ。俺の一押《いちお》しの店だ」

「へー、そんなところがあるんですか」

「ああ。店名はこれだな、興味があるんなら行ってみるといい。疲れなんて吹っ飛ぶぞ」

森田監督は完全に雑談のテンションでそんな情報を教えてくれた。見せてもらったウェブページに表示されていた店名を覚えた僕は、監督の控え室《しつ》を出てから、忘れないように携帯のメモ帳に書き込んでおいたのだった。

その日の撮影が終わったのは夜の九時で、僕はいつも通り有希さんの車で送ってもらっていた。後部座席で読書灯を点《つ》けた僕は先ほど配られたばかりの最終話の台本を読みこんでいたのだけど、信号待ちになったタイミングで運転席から有希さんが声をかけてきた。

「そうだ天野君、ちょっと話しておかなきゃいけないことがあるんだ」

「どうしたんですか？」

「このドラマが終わったあとの話」

どうやら重要な話のようだ。僕は台本を閉じて顔を上げた。

「今のスケジュールだと『初恋の季節』はオールアップまであと三週間くらいだよね、もうそろそろ先のことも考えなきゃいけない時期ってわけ」

「そっか……あと三週間、でしたね」

オールアップまでの撮影期間はずいぶん前に共有してもらっていた。

だから初めて聞く話でもないのに、いざその数字を出されると僕は茫然《ぼうぜん》としてしまった。

今までたくさんのドラマに出演してきたけれどこれほどオールアップを迎《むか》えたくないと思ったのは初めてだった。初主演作品で、玲奈との約束のこともあって特別な思い入れがある作品で、現場はとても楽しくて、それに——

（玲奈と共演者でいられるのも、あと三週間か……）

僕はこの数か月間、玲奈とプライベートで関わりを持っていない。それはこの前気づいたことだけど、そしたらこのドラマが終わって僕たちから共演者という繋《つな》がりが失われたら、どうなってしまうんだろう？

「それで天野君、今はまだ『初恋の季節』に集中したいのはわかってるんだけど、少しだけこれからの話もしていいかな？」

「あ、はい。もちろん大丈夫《だいじょうぶ》です」

放っておいたらいつまでもそんなことを考えてしまいそうだったけど、有希さんが会話を進めてくれたおかげで僕は一旦《いったん》思考を止めることができた。ちょうど信号が青になったので有希さんは前を向いてアクセルを踏《ふ》み、バックミラー越《ご》しに視線をこちらに向けた。

「天野君には話してなかったけど、ここ最近たくさん仕事のオファーが来てたんだ。次クールの秋ドラマもそうだし、冬ドラマ、何なら春ドラマまで何十件もオファーが来てて」

「え……？　そうなんですか」

「やっぱり『初恋の季節』での演技が相当高く評価されてるみたいだね」

「また頑張《がんば》らないといけないですね。オーディションの練習しないと」

「オーディション？　ははっ、何言ってるの天野君、来てるのは全部オーディションなしのオファーだよ。こっちがオッケーすればそのまま仕事がもらえるやつ」

「そ、そうなんですか？　そんなオファーが何十件も？」

「当たり前だよ。天野君は主演経験者なんだから、自覚持ってくれないと困るなあ」

有希さんはおかしそうに笑うけど、僕《ぼく》は素直《すなお》にびっくりしていた。

ドラマや映画のキャスティングだと主演や準主演など重要な役柄《やくがら》がオーディションに回ることはほぼなく、企画《きかく》段階で名前の挙がった役者にオファーをするものだというのは知識としては知っていたけれど、まさか自分にそんなオファーが何十件も来るなんて。

「むしろこれからはこっちから仕事を選ばないとね。社長にも釘《くぎ》を刺《さ》されたよ、主演を経てここからどうキャリアアップしてくかは慎重《しんちょう》に考えないといけないって」

「なるほど……」

「その点、秋ドラマは直近すぎて良い役は埋《う》まっちゃってるから、来てるオファーはそこそこ出番のある脇役《わきやく》って感じなんだよね。あたしとしてはそれは一旦パスして冬ドラマとか春ドラマで主演、準主演級の役をやった方がいいかなと思ってる」

有希さんはそう言ってから相好を崩した。

「でも最終的に決めるのは天野君だから、今のうちに考えておいて。これから、役者としてどんなキャリアパスを歩んでいきたいか」

「わかりました。えっと、参考までに今どういうオファーが来てるのか教えてもらってもいいですか？」

「もちろん。一番大きいのでいうと、来年の春ドラマかな。『アオハル教室』ってマンガ読んだことあるかな？」

「あっはい、すっごく面白《おもしろ》い青春ラブコメですよね。僕大好きです」

「その実写化企画が動いてて、天野君に主演のオファーが来てる。ヒロインの方はもう確定してて、桜庭奈々子さんだって。あっこれ部外秘だからよろしくね」

僕は呆気《あっけ》にとられてしまう。『アオハル教室』は確か一千万部近く売れている超人気《ちょうにんき》作品だし、桜庭さんといえば今年大学生になったばかりの超有名女優《ちょうゆうめいじょゆう》だ。少し年齢《ねんれい》は離《はな》れているけれど、十代の役者としては唯一《ゆいいつ》玲奈に見劣《みおと》りしない人気を誇《ほこ》る美人である。

「そのほかにも色々あるけど、やっぱり恋愛ものが多いね。『初恋の季節』を見てオファーしてきてるわけだから当然っちゃ当然なんだけど」

「恋愛ものですか」

「うん。それでいったら水沢さんなんてすごいみたいだね、花梨が言ってたけどうちに来てるオファーの比じゃないくらい大量のオファーが舞《ま》い込んでるみたい。今水面下で動いてるドラマとか映画の企画で女子高生がヒロインになるものは、ほんとに九割方第一候補

「と、とんでもないですね」

「下手したら四クール全部、水沢玲奈がヒロインを演じてるなんてこともあるかもねー」

僕も玲奈も、今回の作品は役者としてのキャリアの転機となるのかもしれない。僕はオーディションを受けなくても役の舞い込んでくる役者になり、玲奈は恋愛もののヒロインとして大きく仕事の幅《はば》を広げる。

それは間違いなく喜ばしいことのはずだけど、この作品が終わったあとなんて、僕はイメージすることができなかった。それもそうだ。子役としてこの世界に入ってから、僕はずっと玲奈との約束を果たすことを目標として走り続けてきたのだ。そのあとのことなんて、考えたこともなかった。

でも事実としてあと三週間でこの作品は終わり、このままやり抜《ぬ》けば『初恋の季節』は約束通りの素晴《すば》らしい作品となる。八年前の玲奈との約束は、果たされる。

（そうしたら……僕と玲奈の関係は、どうなるんだろう？）

共演者としての関係性はなくなり、更に、八年もの間離《はな》れ離れだった僕たちの心を結び付けていた約束もなくなる。それはなんだか、玲奈との関係性が空っぽになっていってしまうようなそんな気分にもなった。

現場で一緒《いっしょ》になることはなくなるから会う時間は間違《まちが》いなく減るし、そもそもプライベートでの関わりがなければ一緒にいるきっかけすらないのだ。そうなってしまえば、今のような関係性が続けられるかはわからないし、もしかしたらどんどん疎遠《そえん》になっていくかもしれなくて——

考えを進めていくごとに、僕は焦燥《しょうそう》に駆《か》り立てられていた。

玲奈と共演者でいられるのはあとたった三週間。

このままじゃ、だめだ。

＊

週末のロケ撮影は早朝からの移動だった。有希さんと一緒に新幹線に乗って移動し、駅に着いてからはロケバスに乗った。現場入りして楽屋で軽く台本の確認をしていると、トントンと扉《とびら》を叩く音。

入ってきたのは玲奈だった。すでに髪型《かみがた》のセットやメイクを終えており、星宮《ほしみや》あかりの姿になっている。

「おはよう玲奈」

「おはよう海斗！　もしよかったら少しだけ読み合わせに付き合ってほしいんだけど、大丈夫かしら？」

「いいよ。僕もちょうど最終チェックしてたところだから」

「じゃあ、今日の最後のシーンをやってもいいかしら。ここは一回合わせておきたくて」

「了解《りょうかい》」

　一回台本を読んで簡単にお互いのタイミングを確認したあとは実際に動きも交えて演じてみる。ここは立ち位置や動きも大事なシーンなので、実際に体を動かした方がよいところだった。通しが終わると玲奈は納得《なっとく》できたらしくこくりと頷《うなず》き、柔《やわ》らかい笑顔《えがお》を見せた。

「うん、これでいけると思うわ。ありがとう海斗」

「こちらこそ。やっぱり玲奈の演技はすごいね、いつも想像を超《こ》えてくるよ」

　もう三か月近く、一番近いところで玲奈の演技を見ているはずなのに、それでも毎回驚《おどろ》かされてしまうのだ。話数を重ねるごとに、玲奈の演技はますます解像度が高くなっているように感じる。

　練習が終わると玲奈が帰ってしまいそうになったので、僕はそこで慌《あわ》てて呼び止めた。

「あ、玲奈！　ちょっと待って」

「どうしたの？」

玲奈は立ち止まり、こちらに顔を向けてきた。

「えっと、今日のスケジュール見た？」

「スケジュール？　まだちゃんとは確認《かくにん》してないわ」

「森田監督が言うには、今日は順調にいけば夕方くらいに撮影が終わるらしいんだ」

「そうなのね。じゃあ夜はゆっくりできるわけね、いいじゃない」

「それで……夜、時間空けてもらうことってできないかな」

僕は勇気を出してそう言った。すると玲奈は少し驚いたような目を浮かべたけど、すぐに笑顔を作った。

「いいわよ。明日の撮影の練習？　来週の撮影？」

「あ、いや」

「それじゃあ十二話の練習かしら？　この前、すごい台本上がってきたものね」

玲奈は仕事の話ばかりをする。

遠回しに仕事以外のことで誘うなと言われてるかと一瞬《いっしゅん》思ったけど、玲奈に限ってそんなこと言う性格でもないし、仕事以外の話だとは全く想像していないというだけだろう。それは再会してからの僕たちの関係性を率直《そっちょく》に示していた。

僕は一度、ゆっくりと首を横に振《ふ》った。

「その……ドラマとは全然関係ない話なんだ」

「ドラマとは関係ない？　あっ、もしかして音羽ちゃんのライブの話？　今日の夜よね、私もＰＰＶ買ったからオンラインだけどリアルタイムで観るつもりよ！」

「それは確かに僕も観るつもりだけど……そうじゃなくて」

僕はふうと一度息を吸ってから、口を開いた。

「夜ご飯、二人で食べに行かない？」

「え……？」

玲奈は目をぱちくりさせる。

「実は、森田監督からこの近くに一押しの美味《おい》しいステーキレストランがあるって教えてもらったんだ。個室席もあって芸能人もよく行ってるんだって。それで玲奈と行けたらなと思ったんだけど……」

僕は不安から話しているうちに段々トーンダウンしてしまう。話し終わると玲奈は恐る恐る尋《たず》ねてくる。

「えっ、それは、役作りとか演技の練習とは関係ないってこと？」

「あ、うん。ごめん、こんな誘い迷惑《めいわく》だったかな……」

玲奈はぶんぶんと首を横に振った。

「う、ううん！　迷惑なんかじゃないわ！　私、行きたい！」

「ほんと？」

「もちろんよ！　でも森田監督の一押しのお店って予約なしで行けるの？」

「さっき調べたら、当日予約もまだ空きがあるみたいなんだ。でも人気店でいつ埋まっちゃうかわからないから、玲奈がいいなら今予約しちゃおうかなと思って」

「うん！　よろしく！」

玲奈は嬉《うれ》しそうにこくりと頷く。

「それじゃあ、今日はＮＧ連発してるわけにはいかないわね。頑張りましょう」

「そうだね。頑張ろう」

初めてのプライベートな誘いだったけど、玲奈が快諾《かいだく》してくれたので僕はほっとしていた。同時に、夜のことが楽しみで仕方なくなっていた。


僕たちが頑張った甲斐《かい》あって、撮影は順調に六時前に終了《しゅうりょう》した。店の予約は七時からとっていたので少し時間が空く。僕たちは一旦ホテルにチェックインし、それから個別に店に向かうことにした。

店はホテルから近く、歩いて数分のところにある。自室のベッドに腰かけると、今更《いまさら》ながらいっきに恥《は》ずかしくなってきた。

（ちょっと攻《せ》めすぎた、かな……？）

　共演者としての関わりとは違うプライベートでの関わりを持ちたいといっても、いきなり二人きりで個室付きの店というのはやりすぎだったかもしれない。玲奈はオッケーしてくれたけど、内心どう思っているんだろう。森田監督から薦《すす》められた店に行ってみたいという口実は一応あるものの、それにしても結構踏み込んでしまったという自覚はあった。

　このあたりが芸能人の融通《ゆうずう》の利《き》かないところで、暑いからそのあたりのかき氷屋に食べに行こうとか、友達としての自然なチョイスというのが難しい。人目を気にするから、選《せん》択肢《たくし》は個室付きのレストランとかお互《たが》いの家とかそういう場所に限られてしまうのだ。

　色々と考えてしまっているうちに、あっという間に時間は経《た》った。そろそろ出発しなければいけない時刻になり、僕は覚悟《かくご》を決めて部屋を出た。ルームキーを手に持ってエレベータを降り、地図アプリを頼《たよ》りに店へと向かう。

　店に到着《とうちゃく》すると、高級そうな店構えに圧倒《あっとう》されてしまった。僕も一応芸能人とはいえまだ高校生だし、今までずっと売れない役者をやっていたので、こういった店に来た経験はほとんどない。

「いらっしゃいませ。予約のお客様でしょうか？」

「あ、はい！　七時で予約した天野ですけど……」

「天野様ですね、ご案内させていただきます。お連れ様はすでにご来店されてます」

「あ、ありがとうございます！」

店員にもテンパってしまうさんざんな僕だったけど、とにかく店員の後に続いて階段で二階へと向かう。そして完全に壁《かべ》で仕切られた個室へと案内され、中に入ると、そこには玲奈がちょこんと座っていた。

「お待たせ、玲奈」

「あ、う、うん！　お、おつかれさま、海斗」

玲奈はなぜか異常に顔が赤かった。

体を縮こまらせ、居心地《いごこち》悪そうにしている。

「ではご注文の際はこちらを押《お》してください。失礼いたします」

僕が玲奈の対面に座ると、店員がドアを閉めて二人きりになった。僕はしばらく黙《だま》っていたけれど、いたたまれなくなって聞いてみた。

「玲奈、大丈夫？　もしかして体調悪い？」

「な、なんでっ？」

「いや……顔赤いし、何か変だよ。ちょっと熱測るね」

「ひゃあっ！」

おでこに手を当てると、玲奈はぴくりと体を震《ふる》わせた。僕もその大きな反応にびくっとしてしまう。またそこで沈黙《ちんもく》が発生したけど、玲奈は一度深呼吸をしてから口を開く。

「ち、違うの！　体調が悪いわけじゃなくて！」

「そうなの？」

「うん。これはただ……緊張してるというか……」

玲奈は両手で顔を仰《あお》いだ。目はめちゃくちゃ泳いでいた。

「考えてみたら、海斗とこんな感じで仕事関係なくプライベートでどこかに行くって全然なかったじゃない。四月に再会してからはずっとドラマのことにかかりっきりだったから」

「そうだね」

「それにこんな良い店だから、何か……デートみたい、と思って……」

最後の方は声にならないくらいの小さな声だったけど、僕にはしっかりと聞こえてしまった。デートという三文字が玲奈の口から飛び出たことで、僕の頬《ほお》も熱くなる。

楽屋や学校の屋上など二人きりになる機会は多かったけど、そこに仕事が介在《かいざい》しないだけで、二人きりということをものすごく意識してしまっている自分がいた。共演者であり幼馴染《おさななじみ》として気軽に喋《しゃべ》る間柄《あいだがら》のはずなのに、僕たちは初対面の男女のように寡黙《かもく》になってしまっていた。

「え、えっと、とりあえず料理注文しようか。森田監督からおすすめも聞いたし」

「そ、そうね。メニュー見ましょう」

僕たちはぎこちない会話を交《か》わしながら、メニューを見て料理を選んだ。店員を呼んで注文が終わり、また沈黙の時間帯がやってくる。

と、そこで静寂《せいじゃく》を破ったのは僕のポケットに入った携帯《けいたい》の着信音だった。マナーモードにしていなかったため普通《ふつう》に音が鳴ってしまった。

携帯を取り出して画面を見ると、発信者は予想外の人物だった。

「……えっ、音羽？」

ドームフェスに参加中の後輩《こうはい》。

出番は九時からだと言っていたけれど、フェス自体は始まっているから音羽も現場にいるはずだ。

「音羽ちゃんから電話？」

「うん……どうしたんだろう、電話なんてしたことなかったのに」

僕は困惑《こんわく》気味に応答ボタンを押した。するとビデオ通話の設定になっていたようで、画面には元気な後輩の顔が映る。

『やっほー、天野先輩《せんぱい》』

「おつかれさま。どうしたの音羽、電話かけてくるなんて」

背景は見たことのない場所だけど、どうも出演者控室のようだ。少し奥《おく》にはモニターがあって、ライブの様子が流れている。

『いやー、そっちの様子はどうかなーと思いまして』

「こっちは夕方に撮影が終わって、僕は夜ご飯食べに来てるところだけど。そんなことよりも音羽、今大丈夫なの？　ライブ中でしょ？」

『大丈夫ですよー。音羽の出番は最後から二番目ですから、モニター見ながらのんびり待ってるだけです。準備も終わってますし』

「そうなんだ。でも、何の用？」

玲奈が興味津々《きょうみしんしん》といった顔つきでこっちを見るので、僕はスピーカーモードを押して音羽の声が玲奈にも聞こえるようにした。

僕の質問に音羽は少し口ごもり、それからぽりぽりと頬をかいてみせた。

『いやー、音羽、実はドーム立つのこれが初めてなんですよー』

「あれ、そうなんだっけ？」

『はい。それで正直な話少し緊張しちゃってて、話し相手でもほしいなーと思いまして。

先輩、何か緊張しなくなる言葉ください』

「なにその無茶《むちゃ》ぶり？　僕には荷が重いよ！」

僕が大きめの声を出すと、音羽はおかしそうに笑った。だけどその表情には少し陰《かげ》りがあり、言葉通り緊張してしまっているようだった。出番までの時間、気を紛《まぎ》らわすためにに電話してきたといった感じだろうか。

「というか、その役目は僕でいいの？　玲奈にでもお願いした方がいいんじゃない？」

『そりゃあもちろん音羽だって、玲奈さんから激励《げきれい》の言葉もらいたいですよー！　でも玲奈さんに電話なんて恐《おそ》れ多くてできません！』

「私、そんなに恐れられてるのかしら？」

『れ、れ、玲奈さん!?』

と、そこで僕の隣《となり》へと移動してきた玲奈が、ひょっこりと顔を出した。画面に突然《とつぜん》映り込《こ》んだ玲奈を見て、音羽は頓狂《とんきょう》な声をあげてしまう。

『ど、どうしてそこにいるんですか!?』

「えへへ、ごめんね驚かせちゃって。実は海斗と一緒にディナー食べに来てて、さっきからこっそり話は聞いてたの」

『二人でディナー……へえっ』

音羽は何かを察したように小さく頷いたけど、玲奈はそれに気づかず優《やさ》しい笑みを画面に向けた。

「それで音羽ちゃん、私でよければ激励の言葉送らせてもらうけどいいかしら？」

『は、はいっ！』

「じゃあ……音羽ちゃん、頑張って！　私たちも現地には行けないけど、ペーパービューでしっかり応援《おうえん》してるから！」

両手をふりふりして、可愛らしい動きとともに太陽のような笑顔でそう言う玲奈。

音羽は、感激したように体を震わせた。

『ううっ……この会話、録音しておけばよかったです……』

「ちょ、ちょっと？　別にこのくらいならいつでも言ってあげるわよ」

『ありがとうございます、音羽感動です！』

音羽はそう言うと、ぐっとサムズアップしてみせた。

『じゃあ、お二人も頑張ってください！　また来週会いましょう！』

そして、通話は切れた。

僕たちは思わず顔を見合わせて笑ってしまう。

「音羽ちゃん、面白いわね」

「うん」

「今からドームで歌うアーティストとは思えないというか、ほんとに楽しくて良い子よね」

そんな話をしていると、僕たちはいつの間にか普段通りに会話できるようになっていた。

当初の気まずい沈黙はなくなり、会話が弾《はず》む。本人は全く意図していなかっただろうけど音羽には助けられてしまった。

そのうちに料理が順々に運ばれてきた。

最初に来たシーザーサラダも、次に来たクリームスープも、とてもクオリティが高く大満足だった。だけどやはり目玉はそのあとにやってきたステーキだ。店員が皿を持ってきたのを見た僕たちは目を輝《かがや》かせていた。

「うわあ、すっごい！」

「美味しそう……すっごく良い匂《にお》いね！」

焼きたての熟成肉がジュージューと音を立てている。肉汁《にくじゅう》とソースの混ざり合った食欲をそそる香りが鼻腔《びこう》を刺激《しげき》し、食欲を駆り立てられる。

「こちら、当店名物のサーロインステーキでございます。焼き加減はミディアムレアで焼いております。皿ごとオーブンで焼きあげておりまして、皿の方もこのように焦《こ》げ色《いろ》がついております」

そうして店員が去ってから、さっそく僕たちはそれぞれの小皿に取り分けた。一つの大皿で二人前になっているのだ。食べきれるか心配なくらいのボリュームがあったけど、香《こう》ばしい焼き色のついたステーキを見ているといくらでも食べられそうな気もした。

「いただきまーす！」

玲奈は手を合わせてから、フォークを手に持って一口目を口に運んだ。

そして体を震わせ、恍惚《こうこつ》の表情を浮《う》かべた。

「うわあ、美味しいっ！」

玲奈は満面の笑《え》みを浮かべると、そのまま二口、三口と食べ進める。よっぽど美味しいらしく夢中になって食べていた玲奈は、四口目を口に運んだところでようやく顔を上げ、僕の方を見た。

「あれ、海斗まだ食べてないの？　早く食べないと、焼きたての今が一番よ！」

「あ、ごめん、玲奈がすっごく可愛《かわい》い笑顔で食べてたからつい目を奪《うば》われちゃって」

「え？　わ、私そんな緩んだ表情してたかしら……？」

すると玲奈は恥ずかしそうにもじもじしてから、むうと頬を膨《ふく》らませて僕を非難するように指さしてきた。

「というか海斗、ずるい！　私も海斗の食べるところ眺《なが》めさせてもらうわ！　ほら、食べてちょうだい」

「ええ？　そう言われると食べにくいというか……」

玲奈の視線を受けながら僕は一口目を口に運んだけど、思わず目を見開いてしまった。

本当に、びっくりするくらい美味しかったのだ。

表面はカリカリに香ばしく焼き上げられていて、中は柔らかく肉汁たっぷり。ソースも絶品で、香りが良いのはバターだろうか。ワイルドでありながら上品な美味しさが口いっぱいに広がり、思わず表情が緩んでしまう。

「すっごく美味しいね！　……ってあれ、玲奈？　顔赤いけどどうしたの？」

「ううっ、自爆《じばく》した……海斗がすっごく良い笑顔するから……」

玲奈は顔を両手で押さえていたけれど、すぐに相好を崩《くず》した。

「でもこんなに美味しいステーキ人生で初めてかも！　さすが森田監督の紹介《しょうかい》する店ね！」

「本当だね。僕一人で来る勇気はなかったから、玲奈が付き合ってくれてよかったよ」

「それを言ったら私だって、海斗が誘《さそ》ってくれなかったらルームサービスとかで適当にすませてたと思うし。海斗が誘ってくれたおかげよ。それに……海斗と一緒に食べてるから、更《さら》に美味しく感じてると思う……」

玲奈は最後の方は恥ずかしくなったのか小声だったけど、それでも静かな個室なのでしっかりと僕の耳まで届いた。そんなことを言われてしまえば僕もドキドキしてしまう。

相当なボリュームのあったステーキは、あっという間に食べきってしまった。美味しいものを食べているときは無言になるというけれど、僕と玲奈も口数少なく食事を楽しんでいた。食べ終わってから、玲奈は幸せな表情を浮かべていた。

「ふわあ、美味しかった……」

そしてハンカチで口元を拭《ふ》いたあと、ちらりと僕の方に視線を向けてきた。

それから少し遠慮がちに尋ねてきた。

「でも、どうして今日は私のこと誘ってくれたの？」

「え？」

「ほ、ほら……こんなふうに誘ってくれたの、初めてじゃない。だから何でだろうなって思って」

そんなことを言う玲奈の表情は、ちょっぴり赤みを帯びている。僕は何て答えればいいのか迷ってしまい、少しの間沈黙していたけど、結局正直な気持ちを話すことにした。

「こんなこと言うと玲奈に引かれちゃうかもしれないけど……ちょっと焦《あせ》ってたんだ」

「焦ってた？　何に？」

「この前有希さんと話してて改めて気づいたんだけど、『初恋《はつこい》の季節』の撮影《さつえい》期間ってあとたった三週間しかないんだよね。それが終わったら玲奈と共演者じゃなくなるなあと思って、考えてたら……そういえば玲奈とドラマ以外の関わりって全然ないなって」

　玲奈は目をぱちくりする。

「そっか……海斗と共演者なのも、あと三週間なんだ……」

「このままだとドラマが終わったら玲奈とはだいぶ疎遠になっちゃうのかなと思って。それで玲奈とプライベートでも色々関わり持ちたいなって思ったというか……」

「え？　海斗、そんなこと思ってたの？」

「ごめん、やっぱり引かれちゃったかな」

「ううん、私、嬉しいっ！　私もオフの日に海斗と一緒に遊びたいなって思ってたけど、現場でずっと会ってるから……オフの日まで会いたがっても迷惑がられないかなとか、ちょっと不安で」

「そんな、迷惑がるなんてありえないよ！　僕、玲奈となら毎日だって一緒にいたいし」

　言い終わってからだいぶ際どいことを言ってしまったかもしれないと少し不安になったけれど、玲奈はにっこりと笑顔を浮かべてくれた。

「ありがとう、海斗。じゃあ今度のオフの日は一緒に遊びましょう」

「う、うん」

「私、海斗としたいことたくさんあるわ。何ならこの前海斗と一緒にオンエア観たとき、海斗の家に連れて行ってくれるって約束したのにあれから何も言ってくれないし！」

「あっ……ごめん、そういえばそうだったね」

「今月中に絶対に行くから！　久しぶりに海斗のお母さんともお喋りしたいし」

「あ、うん！　母さんも会いたがってたよ！」

会話が弾む。僕は何だか安心していた。もしかしたら僕はここ最近、取るに足らないことでずっと悩《なや》んでしまっていたのかもしれない。

「この作品が終わって共演者じゃなくなっても、私たちクラスメートだし、何より幼馴染じゃない。私は変わらず海斗と仲良くしたいわ」

「そうだね、うん。僕も同じだよ」

僕たちの関係性は共演者だけじゃない。僕たちは、幼馴染なのだ。

玲奈も僕と同じ気持ちだったとわかって、僕は素直に嬉しかった。

ステーキの載《の》っていた大皿が下げられ、デザートの皿が運ばれてくる。果物の載ったバニラアイスだった。さっぱりとした甘味《あまみ》を楽しんでいた僕たちだけど、ちゃんと音羽の出演時間は確認していた。

「そろそろね、あと五分くらいかしら」

「PPVの準備しておこうか。僕のスマホから繋いじゃって大丈夫？」

「うん。それじゃあ私はそっちに移動するわ」

　PPVのチケットは二人とも買っていたのだけど、せっかく一緒にいるのだから別々に観《み》るわけもない。僕が携帯を机の上に立てると、玲奈は立ち上がって僕の隣へと座《すわ》った。

「ねえ、もっとくっついていいかしら？」

「くっつく？」

「あっ……ち、違《ちが》うの！　今のは言葉の綾《あや》で……その、見づらいからもう少し近づいてもいいかしら？」

「あ、うん。もちろん」

　タブレット端末《たんまつ》でも持っていればよかったけど、残念ながら映像を流せる端末は小さな携帯しかない。一緒に観るには近くに寄る必要があり、それで玲奈は体を寄せてきた。

　だけど玲奈は思ったよりも距離《きょり》を詰《つ》めてきたので、肩《かた》と肩が触《ふ》れ合うくらいの距離になっていた。夏だからお互いに半袖《はんそで》の服を着ており、そのせいで腕《うで》のあたりなんて肌《はだ》と肌が触れ合うくらいだ。さっきかなり踏み込んだ話をしてしまったこともあり、僕は妙《みょう》に意識してしまっていた。

「あっ、始まった！」

と、玲奈が声を上げた。

一つ前の出演者の出番が終わり、暗転したあと、カラフルな光によってステージが彩《いろど》られた。昂揚《こうよう》を掻《か》き立てる煽《あお》り映像が流れると、その直後に音羽の代表曲、『桃色《ももいろ》マジシャン』のイントロが響《ひび》き渡《わた》る。

観客席からは大きな歓声《かんせい》が上がった。観客席の方にカメラが切り替《か》わると、万単位のお客さんがリズム良くペンライトを振っており、映像越しにも強烈《きょうれつ》な熱気が伝わってきた。

そして煙《けむり》の中から姿を現したのは、音羽だった。

『こんばんはー、桃瀬《ももせ》音羽でーす！』

暖色系の衣装《いしょう》で、きちっと決まっている。

勢いよくステージの中央までやってくると、マイクを手に歌い始めた。

その圧巻のパフォーマンスに僕《ぼく》は思わず聞き入ってしまった。音源自体は何度も聴《き》いたことがあったけど、ライブ映像を観たのは初めてだったのだ。

音源と全く遜色《そんしょく》ない美声、そして普段《ふだん》のおどけた姿とは全く違う真剣《しんけん》な表情。映像も迫力《はくりょく》満点だ。隣を見ると玲奈は足でリズムを刻んで乗っていた。

一曲目が終わり、音羽はマイクパフォーマンスに入る。緊張《きんちょう》した様子など微塵《みじん》も感じられない、明るい声色《こわいろ》だ。

『皆《みな》さん元気ですかー？　長時間のライブでお疲《つか》れかもしれませんが、まだまだ盛り上がっていきましょーう！』

音羽が演るのは四曲だと聞いていた。

二曲目も大盛り上がりで終わり、次の三曲目の間、音羽はニコニコ顔で喋っていた。

『そういえば今、音羽は『初恋の季節』というドラマで役者初挑戦《はっちょうせん》していまして。そこで共演している水沢玲奈さん、音羽大ファンだったんです！　そんな玲奈さんも今日ロケ終わりにＰＰＶで観てくださってるそうなので、今日はいつも以上に力入りますね！　玲奈さーん、観てますかー？』

そうして音羽はＰＰＶ配信用のカメラに近づき、満面の笑みで手を振ってきた。

「うわっ、音羽ちゃん私の名前出してくれた！　嬉しいっ！」

玲奈はといえば大はしゃぎで、無意識なのか僕の手を両手でぎゅっと握《にぎ》ってぶんぶん振っていた。更に体を寄せてくるのでドキドキしてしまったけど、大興奮でライブに没頭《ぼっとう》している玲奈の邪魔《じゃま》をするわけにもいかず、僕はされるがままに受け入れていた。

音羽は観客をどんどん盛り上げ、曲を経るごとに会場のボルテージが上がっていくのが感じられた。そして最後の曲が終わると、音羽は両手を振ってステージから去っていった。

『皆さん、また会いましょうー！　さようならー！』

二十分あまりのパフォーマンスだったけど、本当にあっという間だった。

今度はぜひ現地に行ってみたいと、僕は心から思っていた。映像でもこんなに昂揚しているんだから現地でパフォーマンスを見たら本当に楽しいだろう。

玲奈は、まだ余韻《よいん》が残ってるようで、目をキラキラさせていた。

「最高だったわね！　音羽ちゃん、すっごくカッコよかった！」

「う、うんそうだね」

至近距離で言ってくるものだから、僕は思わず目を逸《そ》らしてしまう。ライブの途中《とちゅう》から玲奈はずっと僕の手を握りっぱなしで、そのせいで僕はずっとドキドキしっぱなしだ。

僕は小さな声で言う。

「あの……一旦《いったん》、手離《てはな》さない？」

「えっ？」

すると玲奈はようやくライブの世界から現実へと戻《もど》ってきたようで、今の状況《じょうきょう》を理解するなり顔を真っ赤にして手を離した。

「わ、わ、私いつから……？」

「ライブの途中からずっとこんな感じだったよ」

「ひゃっ……ご、ごめん海斗！　ついライブに夢中で……」

玲奈は小さく縮こまり、俯《うつむ》いてしまった。僕は苦笑《くしょう》する。

「それくらい没入《ぼつにゅう》できるライブだったってことだよね。音羽、本当にすごかったね」

「うん、そうね！　そうだ、音羽ちゃんに感想送ってあげよっと！」

携帯を取り出して玲奈に感想メッセージを送り始めた玲奈。

「あっ、すぐ返信返ってきた！」

さっきまでステージに立っていたのに、もう携帯を見ていたようだ。早すぎる。

玲奈は嬉しげにトーク画面を見せてくれた。音羽は犬が尻尾《しっぽ》を振って喜んでいるスタンプに続けて、『よかったら今度はぜひリアルで観に来てください！　チケット用意しますので！』というメッセージを送ってきていた。

「ね、今度二人でライブ行きましょう！　私、行ってみたいわ！」

「うん、いいね！」

単独ライブは来月にあるらしい。

音羽のライブはまさに行ってみたいと思っていたところだったし、それに思わぬ形で玲奈との約束を取り付けることができて、僥倖《ぎょうこう》だった。

そのあとも少し話をしていたけれど、あんまり長居しても迷惑だろうし、僕は頃合《ころあ》いを見て玲奈に声をかけた。

「じゃあそろそろ出よっか。お会計しよう」

「そうね、そうしましょう」

せっかくプライバシーの守られる個室に来ておいて一緒に出るというのでは意味がないので、別々に店を出ることにした。玲奈が先に帰ることとなり、荷物を持った玲奈はちょっぴり名残《なごりお》惜しそうに僕に手を振ってきた。

「じゃあまたね海斗」

「うん。またね、玲奈」

そうして玲奈が帰ったあと、僕は少しの間ぼんやりと座っていた。

（楽しかった……！）

初めて、仕事とは全く切り離《はな》された形で玲奈と時間を過ごした。

美味しいご飯を食べて、楽しい話をして、一緒にライブ映像を観て——

ドラマが終わって、共演者じゃなくなっても玲奈とこうやって楽しい時間を過ごせるのならば、今のままの関係性でも十分かもしれない。僕は玲奈と過ごしたプライベートな時間の余韻に浸《ひた》りながら、そんなふうに思っていたのだった。

第三章 離島ロケ

Filming a kiss scene with my genius actress childhood friend

雲一つない青い空、燦燦《さんさん》と照り付ける太陽、キラキラと輝く透《す》き通った海。

気持ち良い風に乗せられた、心地《ここち》いい潮の香り。

僕たちの目の前に広がっているのは、眩《まばゆ》いばかりの夏だった。

「うわー、気持ちいいね！」

「なんだかわくわくしてくるわね！」

「最高です！　超楽《ちょうたの》しいです！」

四泊《ぱく》五日という長期間にわたる、とある離島でのロケ撮影。

現場への移動は新幹線とフェリーの乗り継《つ》ぎだった。出演者とスタッフで貸し切りとなったフェリーの甲板《かんぱん》へと出てきていた僕たちは、思わず大声をあげたくなるような気持ちの良い景色に、三人揃《そろ》ってハイテンションになっていた。

仕事が山のように詰まったスケジュールのせいで、僕はこの夏休みに旅行の予定を入れられていなかった。たぶん玲奈《れな》や音羽《おとは》も同じだろう。だけどこうやって仕事とはいえフェリーに乗って島に行くという非日常を体験できて、十分満足できてしまいそうだった。

「目的地の島はここから見えないのかしら？」

「うーん、まだじゃないかな。フェリーは三十分くらいって言ってたから」

「撮影するのがもったいないくらいの良い天気ですねー、もういっそのことみんなで海水浴するってのはどうでしょう？」

「あはは……それも楽しそうだけどね」

音羽の冗談《じょうだん》に僕は苦笑する。残念ながら、事前に渡された香盤表《こうばんひょう》には夜遅《よるおそ》くまでびっちりと撮影予定が書き込まれていた。

ドラマの撮影というのは時間がかかるのだ。ほんの数十秒を撮影するのに丸一日使うこともあるくらいだから、一時間ドラマで一話半もの分量を四泊五日で撮《と》りきるにはかなり過酷《かこく》なスケジュールになる。せっかくの最高の天気だけど、島に着いてからは仕事漬《づ》けになってしまうだろう。

「でも真面目な話をするとさ、今回の撮影って重要なシーンの連続だよね。準備は完璧《かんぺき》にしてきたつもりだけど、結構悩んだシーンも多かったよ」

「そうね。物語がいっきに動き出すというか」

今回のロケの目的は、夏休みに明久《あきひさ》とあかり、紗良《さら》を含《ふく》むクラスの面々で海旅行をするパートの撮影である。十話と十一話前半に対応する部分だ。

この海旅行で、あかりはいつになく暗い雰囲気《ふんいき》を漂《ただよ》わせる。その原因は二つあり、一つは旅行の一週間ほど前に明久と些細《ささい》なことで喧嘩《けんか》してしまい仲直りできていないこと。もう一つは九話の最後のシーンで明かされた内容で、親の仕事の都合で引っ越《こ》しをすることになるということ。後者の方が決定的な理由であり、あかりはずっと悩んでしまっていた。

あかりは一人暮らしをしてでも今の学校に通い続けたいと考えていた。友達もたくさんいるし、何より大切な恋人《こいびと》である明久と離《はな》れ離れになりたくないからだ。でも過保護な父親は一人暮らしを許さず、親子喧嘩の真っ最中でもあった。

「この旅行で明久とあかりはすれ違いを続けて、喧嘩に発展するわけですよね。それで明久は自分の非を認めて謝《あやま》るけれど……あかりは更に自己嫌悪《けんお》に陥《おちい》って、ついに明久と別れることを決断する、と」

音羽はストーリーを思い出すように順序立てて口にすると、僕たち二人に向かって楽しそうな表情を向けてくる。

「明久とあかりの口論シーン、どんな感じになるのかなって実は楽しみにしてるんです」

「え？　どういうこと？」

「だってお二人が喧嘩してる姿って全然イメージできなくて。実際、リアルでは喧嘩することってあるんですか？」

「喧嘩？　僕と玲奈で？」

「うーん……どうかしら、少なくとも再会してからは一回もないと思うわ」

「そうだね、昔は時々玲奈が怒《おこ》って口をきいてくれないなんてこともあったけど」

「そ、それは海斗《かいと》が悪いんだもんっ！　私に意地悪なこと言うから！」

玲奈はぷくうと頬を膨らませた。そんな僕たちの掛《か》け合いに音羽はくすりと小さく笑う。

「やっぱり、全然イメージできないです。お二人はいつも仲良しな印象です」

「そ、そう？」

「でも逆に、二人が本気で喧嘩したらどうなるのかはちょっと気になりますね。たとえばですけど玲奈さん、天野《あまの》先輩からもう絶交だ！　とか言われたらどうします？」

「えっ……？」

音羽は軽い調子だったのだけど、玲奈はぴたりと固まってしまった。それから少しの間俯いたまま黙り込んでしまう。次に顔を上げたとき、その表情は今にも泣きそうだった。

「そ、それは……立ち直れないかも……」

「れ、玲奈さん⁉　じ、冗談ですよ！　そんな本気で悲しい顔しないでください！」

「海斗……そ、そんなこと言わないわよね？」

「もちろんだよ！　そんなこと言うわけないって！」

僕は慌《あわ》ててそう言った。

実際、自分が玲奈と喧嘩するところなんて全く想像できなかった。この数か月間、毎日のように一緒《いっしょ》にいるけれど、些細なことですら言い合いになったことがない。玲奈といるといつも楽しい気分になる。

「さ、さ、そんなことよりそろそろ島に着きそうですよ！　元気出していきましょう！」

言い出しっぺであるはずの音羽がそんなふうに強引《ごういん》に話題を逸らし、僕たちの意識は再びこれからの撮影に戻っていったのだった。

＊

そうして島に到着すると、それからは大忙《おおいそが》しだった。

まずは宿舎へと向かって自室の鍵《かぎ》を受け取り、荷物を置いた。撮影予定地の近くには建物がないため基本的な衣装やメイクなどは宿舎内で行うことになり、僕のもとにも担当スタッフがやってきた。用意が終わるとすぐに表に集合して最初の撮影場所に移動する。移動中に台本の最終確認《かくにん》をして、到着するとさっそくリハーサル。初日は移動の関係で撮影時間が限られるため、一分一秒を惜《お》しんだ過酷《かこく》なスケジュールだ。

日が暮れると外での撮影は終了《しゅうりょう》し、一度夕食休憩《きゅうけい》を挟《はさ》んでから室内での撮影に移る。結局全ての撮影が終了したのは午後八時過ぎだった。

「いやー、疲《つか》れた……」

移動疲れも相まって、僕は力尽《ちからつ》きていた。だらりと脱力《だつりょく》し、宿舎の一階にあるロビーの椅子《いす》に座っていた。

「本当に忙しかったですねー。音羽は一部の場面しか出番なかったですけど、ずっと撮影しっぱなしの先輩と玲奈さんは超《ちょう》過酷そうでした」

「そうだね、もうくたくただよ」

「そういえば玲奈さんはどこに行ったんですか？」

「あれ？　そういえば来ないね、まだ着替《きが》えてるのかな」

自動販売機《はんばいき》の前に立っていた音羽は、ペットボトルを二つ購入《こうにゅう》すると僕の隣にちょこんと腰《こし》かけて一本渡してきた。五百ミリリットルの天然水だった。

「先輩、どうぞ。奢《おご》ってあげます」

「いいの？　ありがとう、ちょうど喉渇《のどかわ》いてたんだ」

「玲奈さんも来ないですからね。二人きりになったタイミングで先輩には聞いておきたいことがあったんですよー」

「え？　何？」

　思わず聞き返すと、音羽はにやりといたずらっぽい笑みを浮かべて僕の方にじいっと視線を向けてきた。

「この前のことです。見なかったことにはできませんよー」

「ああ、ロケのときのこと？」

「そうですそうです！　先輩、やるじゃないですかー。どっちから誘ったんですか？」

「僕からだよ」

「へぇー、先輩もちゃんと女の子をご飯に誘えたんですね！　見直しました」

「何かナチュラルに失礼なことを言われてる気がするんだけど……」

　僕がジト目を向けると、音羽はぺろりと可愛らしく舌を出す。それからニコニコ顔のまま尋《たず》ねてきた。

「それで、成果はあったんですか？」

「成果？　何の話？」

「関係性が進展したのか、ってことですよー！」

「ああうん、今度のオフの日に遊ぼうって約束できたし、音羽の単独ライブに二人で行く約束もできたよ」

　僕が胸を張ってそう言うと、音羽は面食らったように何度か瞬《まばた》きし、それから信じられないとばかりにジト目を向けてきた。

「えっ、それが関係性の進展なんですか……？」

「うん。実は玲奈と再会してからこの数か月、完全なプライベートでの関わりって全然なかったからさ。こんなにプライベートでの約束ができるなんて大きな進展だよ……ってあれ？　そういう話じゃなかった？」

「ああいえ、音羽が予想してたのは……何というか……」

　音羽は困ったように天を仰《あお》ぎ、それからぐっと踏《ふ》み込んできた。

「その、もっと異性としての発展みたいなやつはないんですか？」

「異性として？　えっ、僕と玲奈が？」

「だって個室付きの高級店に二人きりでディナーって明らかにそういうやつじゃないですか！　友達同士って絶対ないですよ！」

「ええ……？　じゃあ、もしかして僕、やりすぎちゃったのかな……？」

　そういう意図を持って誘ったわけではなかったから、音羽からびしっと指摘《してき》されてしまうと焦ってしまう。すると音羽は盛大《せいだい》にため息をついた。

「ま、天野先輩のことだしそんなものだと思ってましたよ」

「いや……でも僕としてはすごく充実《じゅうじつ》した時間だったんだけどなあ。最近、悩んでてさ。このドラマが終わって玲奈と共演者じゃなくなったら今よりも疎遠《そえん》になるんじゃないかって思ってたんだけど、玲奈はドラマが終わっても幼馴染《おさななじみ》としてプライベートでたくさん遊ぼうって言ってくれて」

「まあ先輩がそれでいいなら、音羽が言うことはないんですけど」

音羽は小さく肩をすくめてから、更に続けた。

「でも先輩、うかうかしてると危ないかもしれないですよ。ここだけの話、音羽が初登場した八話のオンエア以降、学校とか仕事関係の同年代の知り合いからたくさん相談されたんです。玲奈さんを紹介してくれないかって」

「ええっ？　そ、そうなの？」

「もちろん全部断りましたけどね！　やっぱり玲奈さんってめちゃくちゃモテるというか、男性からの人気があるんですね」

僕は思わず瞬きしていた。

よく考えれば当たり前の話だ。超がつく人気女優であり、抜群《ばつぐん》の容姿を持つ美少女。恋人にしたいという思いを持つ男性はいくらでもいるだろう。

そして異性からのアプローチに玲奈が靡《なび》かないとも限らない。

そのとき、僕は数日前の有希《ゆき》さんとの会話を思い出した。玲奈に恋愛《れんあい》ものの出演オファーが殺到《さっとう》しているという話。玲奈は間違《まちが》いなく近い将来に僕以外の男性共演者と恋人役《こいびとやく》を演じることになるんだろう。キスシーンなんかもあるかもしれない。今の僕のポジションに僕以外の誰《だれ》かが収まり、玲奈と親密になっていく様子を、僕は想像してしまった。

玲奈は前に異性の共演者と親しくなったことはないと言っていたけれど、それは玲奈が素を出せなかったからだと思う。天才女優としての仮面を被《かぶ》ったまま接していれば共演者を超《こ》えた親密な関係性にはなりようがないのだ。だけど少なくとも音羽には素で接することができるようになった今、異性の共演者と素の玲奈として接していけば——

そんなことを考えていると、きゅうと胸が痛むのを感じた。

今までに、感じたことのない強烈な感情だった。

(何だろう……これ……)

共演者じゃなくなっても幼馴染としてプライベートで仲良くできるなら、それでいいと思っていた。

でも、それは間違いだったのかもしれない。

そう意識した瞬間《しゅんかん》、僕の脳裏《のうり》には一つの問いが浮かんでいた。

（玲奈は僕のこと、異性として見てくれてるのかな……？）

正直、全然自信がない。

一緒にいてたくさん笑顔《えがお》を見せてくれるし、この前はご飯に誘ったらオッケーしてくれたし、少なくとも僕に好意は持ってくれていると思う。でもそれが恋愛感情かはよくわからない。玲奈は僕といるときすごく無防備で、その振《ふ》る舞《ま》いはお互《たが》いに男女としての意識が全くなかった八年前と変わらないようにも思えてしまうのだ。

僕がそんなことを考えているところに、玲奈がやってきた。申し訳なさそうに両手を前に合わせる。

「ごめん、遅《おそ》くなっちゃって。待ったかしら？」

「大丈夫《だいじょうぶ》ですよー」

さっきまで色々考えていたせいで、玲奈を見た僕は顔が赤くなっていた。不自然に視線をずらした僕に玲奈はちょっぴり不思議そうにしていた。

不審《ふしん》な挙動を隠《かく》すため、僕は一度咳《せき》ばらいをして音羽の方に顔を向けた。

「これで揃ったわけだけど……音羽、結局これはどういう会なの？　まだ聞いてないよ？」

「へっへー、それじゃあ見せましょう！」

音羽からは、撮影が終わったら少し夜遊びしないかと誘われていたのだ。僕も玲奈も何だか面白《おもしろ》そうという理由でオッケーしたけど、本当に何も聞いていなかった。

音羽は、手に持っていた袋《ふくろ》を開け、中身を取り出してみせた。

「あ、花火！」

「そうです！　やっぱり夏といえばこれじゃないですかー！」

「音羽ちゃん用意してくれたの？」

「はい。音羽のマネージャーがこの島に来たことあって、花火できる場所があるって教えてくれたんですー！　ぜひお二人とやりたいなと思って来る前に買ってきました！」

音羽はえへんと胸を張る。僕たちはいっきにテンションが上がっていた。

「花火なんて本当久しぶりだよ。何年ぶりだろう」

「そういえば、昔は私たちもよくやってたわよね」

「僕の家の庭でやったね。線香《せんこう》花火でどっちが長く持つかで盛り上がったっけ」

「どっちが強かったんですか？」

「僕だね。玲奈はどうしても手が揺《ゆ》れちゃって、すぐに落とすんだ。それで拗《す》ねちゃって」

「玲奈さんが可愛く拗ねるところ、見たいですー！　じゃあ今日もやりましょう、線香花火もセットに入ってますし」

「音羽ちゃん！　ちっちゃな子供じゃないんだし、負けたって拗ねないわよ！」

ともかくそんなわけで、僕たちは花火へと出かけることになった。

宿でバケツを一つ借りて、水を汲《く》んで運んでいった。宿から歩いてほんの数分で開けた広場へと出る。周りには人っ子一人おらず、薄暗《うすぐら》い街灯が一本立っているだけだ。

「じゃあ、ろうそくに火つけますねー」

音羽がライターで着火し、ろうそくに火が灯《とも》った。音羽の持ってきてくれた花火セットを開けてそれぞれ目についたものを手に取る僕たち。さっそく点火していくと、先端《せんたん》から勢いよく色付きの火花が噴《ふ》き出ていく。

「うわーっ、綺麗《きれい》！」

「打ち上げ花火もいいですけど、手持ちもいいですよねー」

「ほんとだね。風情《ふぜい》があるというか」

「あ、終わっちゃいました……じゃあ先輩《せんぱい》、火もらいますよー！」

「じゃあ私も！　海斗、火もらうわ！」

「え？　二人とも、ろうそくがあるんだからそっちから貰《もら》ってよー！」

僕たちは全力で花火を楽しんでしまっていた。

次から次へと花火を取り出し、火をつけていく。

だけど、楽しい時間はあっという間に過ぎてしまうもので、いつの間にかたくさんあったはずの花火セットも残りは線香花火だけになってしまっていた。

「もう終わりか……じゃあやろうか、線香花火対決」

「そうね！　やりましょう！」

「せっかくだし、罰《ばつ》ゲームも作りませんか？」

「罰ゲーム？」

「はいっ！　やっぱりこういう夏の夜の定番といえば……恋《こい》バナです！　というわけで最初に落としちゃった人は、今気になってる異性を告白するというのはどうでしょう？」

「ええっ？」

いきなりのぶっこみに、僕は思わず変な声を出してしまった。

恋バナ？　気になってる人を告白する？

ちらりと玲奈の方を見ると、玲奈とがっつり目が合ってしまった。僕は慌てて目を逸らしたけど、頭の中では玲奈のことばかり考えてしまっていた。

（玲奈が何て言うか、聞いてみたいかも……）

もしかしたら、もしかしたらだけど、玲奈が僕の名前を出してくれるかもしれない。

もう一度玲奈の方を見たあと、僕は、少し挙動不審《きょどうふしん》になりながら答える。

「ふ、二人がいいなら僕はそれでもいいよ」

「わ、私も、二人がいいならそれでいいけど」

「じゃあ満場一致《まんじょういっち》ということですね！　よーし、やりましょう！」

「え？　あ、そういうことになるか」

半ば強引に押《お》し切られる形になったが、対決の準備をすることになった。僕たちはそれぞれ手に一本ずつ線香花火を準備して、細かなルールを決める。

「みんなで同時にろうそくに近づけて火をつけましょう。誰かがうまく火がつかなかったらやり直しね」

「オッケー。落ちたタイミングは玉が完全に地面についたところにしよう。かといって上に持ち上げて距離を稼《かせ》ぐのもなしで」

「お二人とも、本気になってません？　ちょっと目が怖《こわ》いですよ？」

発案者のはずの音羽が若干《じゃっかん》引いていたけれど、ともかく勝負は始まる。僕たちは十本ほどある線香花火の中から思い思いに一番長く持ちそうなものを選び、一斉《いっせい》に火をつけた。

ぱち、ぱち、と少しずつ火花が起こったかと思うと、いっきに激しくなる。僕は自分の線香花火を見ながら、他の二人の様子も見ていた。

玲奈はというと、昔みたいに手を小刻みに震《ふる》わせている。顔からは緊張が見て取れた。

一方で音羽は手をぴたりと安定させており、顔も涼《すず》しいものだった。

と、そこで音羽が動いた。音羽は顔だけ横に向くと、玲奈の耳元に向かってふうっと軽く息を吹《ふ》きかけたのだ。

「ひゃっ？　な、何するの音羽ちゃん！」

「へへ、妨害《ぼうがい》はなしってルールはなかったですもんね！」

「あ、危ないっ……もう音羽ちゃん、仕返しよ！　ふうっ！」

「ひゃああっ」

しかし結果は、完全なる自爆《じばく》だった。

玲奈から全く同じように耳元に息を吹きかけられ、音羽はびくりと大げさなほどに体を震わせる。甘《あま》い声が出ると同時に手を震わせてしまい、ぽとりと、音羽の線香花火から玉が地面に落ちてしまった。

音羽の一人負けである。

その結果にぽかんとしていた音羽だが、慌てたように僕に迫《せま》ってきた。

「あ、天野先輩っ！　今のは反則ですよね！」

「いや……完全に自業自得《じごうじとく》だと思うんだけど」

「だ、だって玲奈さんがやるのはずるいです！　音羽、あんなことされたらもう無理です！」

「まあでも、音羽も言ってたしね。妨害なしってルールはないって」

「うっ……そ、それは……」

音羽がもごもごしていると、その後ろからがっちりと抱《だ》きついたのは玲奈だった。両手を前に回し、ニコニコと満面の笑《え》みを作っている。

「音羽ちゃーん」

「ひゃっ？　だ、抱きつかれるのは嬉《うれ》しいんですけど、えっと、玲奈さんなんか怖いです」

「はい、罰ゲーム。言ってもらうわよ」

「え、いや、その……音羽、そういう人いないんですよー」

「それで逃《に》げられるわけないでしょ？」

「ほ、本当にいないんですよー！　じゃ、じゃあ玲奈さんということで！　音羽、玲奈さんのこと大好きです！」

「気になってる異性って自分で条件つけてなかったっけ？」

「ふわあああん、年上二人にいじめられてますー！」

弱り切った様子の音羽だけど、その口ぶりからは隠しているという感じもなかった。どうやら本当に気になっている異性がいないようだ。じゃあ何でこんな勝負を言い出したのかという話だが、さっきの妨害作戦で玲奈を負けさせて恋バナを聞き出そうというつもりだったのかもしれない。

音羽は玲奈の拘束《こうそく》から逃《のが》れると、ダッシュでバケツを回収し、猫《ねこ》から逃げるネズミのような速さでぴゅーっと走っていってしまった。

「じ、じゃあ音羽は罰ゲームの代わりに片付けやりますので、お二人はごゆっくり！　実はここ星が綺麗に見られるスポットでもあるので、少し先に行けば綺麗な星空が見えますよー」

「あ、音羽ちゃん……行っちゃった。どうする海斗、追いかける？」

「まあ……いいんじゃない？　音羽、本当に困ってそうだったし」

「ふふっ、そうね。じゃあ私たちもゆっくり戻りましょうか」

玲奈はそう言ってから空を見上げる。

そして感嘆《かんたん》の声を上げた。

「うわあ、本当によく見えるわね。そこの小さな街灯の光が届かないくらいの場所に行けば、もっとよく見えそう」

「見に行ってみる？」

「うん。音羽ちゃんに連絡《れんらく》しておくわ、星を見るから一緒に見たかったら戻ってきてって」

「戻ってこない気がするけどね。絶対まだ警戒《けいかい》してるよ」

そうやって話しながらも、僕は変に緊張していた。玲奈と二人きりという状況を妙に意識してしまっている自分がいる。

ともかく僕たちは少し離れた場所まで歩いてみた。丘《おか》の方へ上がってみると、さっきよりも更《さら》に暗くなり、空が鮮《あざ》やかに見えるスポットとなっていた。

「綺麗……！」

「ほんとだね！」

「ねえ、海斗、ちょっと寝転《ねころ》んでみない？　下は柔《やわ》らかい芝生《しばふ》だし」

「うん。やってみようか」

僕たちは二人横並びになって寝転がり、空を見上げた。そうすると目の前に広がるのはとんでもなくきれいな星空だった。本当に周りには全然人工の光がなく、携帯《けいたい》のライトを照らして歩いてきたくらいだから、星の光を邪魔するものはない。雲もかかっておらず、空一面に数えきれないほどの星が輝《かがや》いていた。

「ロマンチックね……昔の人がこれを見て星座を考えようとしたのもわかる気がするわ」

「ふふっ、玲奈らしい感想だね」

「あれが夏の大三角よね。デネブに、アルタイルと、ベガ。下の二つは織姫《おりひめ》様と彦星《ひこぼし》様ね」

子供でも知っている恋物語《こいものがたり》のヒーローとヒロイン。その名前を口にしたことで連想したのかもしれない。玲奈は体をこちら側に倒《たお》して僕《ぼく》の方へと顔が向くようにすると、少し遠《えん》慮《りょ》がちな様子で尋ねてきた。

「そういえば、海斗……」

「なに？」

「さっきの話。もし線香花火勝負で海斗が負けてたら、何て言ってた？」

「ええ？　何でそんな話に？」

「それは……ほ、ほら！　音羽ちゃんがあんな感じだったから、消化不良じゃない！」

玲奈はちょっぴり上ずった声でそんなことを言う。

僕は切り返しの一言を口にした。

「そういう玲奈はどうなの？」

「ひぇっ？　わ、私は……」

「玲奈が答えてくれたら、僕も答えるよ」

「むううっ、海斗のいじわる！」

玲奈はちょんちょん突《つ》っついてきた。僕は何気なく隣《となり》へと顔を向けたけど、そうすると思っていたよりもずっと近くに玲奈の顔があって、びっくりしてまた反対側を向いてしまった。距離《きょり》が近いせいで玲奈の甘い匂《にお》いも感じられる。

僕はそこでふと考えてしまった。

もしここで本当のことを言ったらどうなるだろう、と。

気になっている異性は玲奈だと、真正面から言ったら玲奈はどんな顔をするだろう。

他に誰もいない、暗い場所に、二人きり。

考えているうちに胸がドキドキ鳴り始めてしまった。僕はこの雰囲気に流されそうになっているのかもしれない。後先のことを考えず、とんでもなくまずいことをしようとしているのかもしれない。そんなことを思いながらも僕は、ゆっくり隣を向いた。すると――

（――あれ？　もしかして玲奈、寝《ね》てる？）

目に映ったのは、予想外の光景。僕があれこれ考えているうちに玲奈は意識を失っていたようだ。すうすうと優《やさ》しい寝息《ねいき》を立て、無防備な顔を晒《さら》していた。

「おーい玲奈、こんなところで寝ちゃだめだよ。眠《ねむ》いなら宿に帰ろう」

「むにゃ……かいとのひざ、かして」

「えっ？　ちょ、ちょっと！」

僕は体を起こして玲奈を揺すった。玲奈は一度目を開けたけど、完全に寝ぼけていて、体を丸めて僕の体に寄りかかってきた。

まっすぐ伸《の》ばしていた僕の足に体を乗せ、膝《ひざ》のあたりに顔が来るようにした玲奈は、また気持ちよさそうに目を瞑《つぶ》ってしまった。

「うーん、どうしよう……」

少し考えたけど、諦《あきら》めてこの状況を受け入れるしかなさそうだった。かなりの密着具合で玲奈の体温がしっかりと感じられてしまい、変な気分になってしまいそうな僕だったけど、とりあえず玲奈の気持ちよさそうな寝顔《ねがお》を見ながらぼんやり待つことにした。

玲奈が目を覚ましたのは、五分ほど経《た》ってからだった。

「あれ……ここは……？」

目を擦《こす》って起き上がろうとしたところで状況に気づいたのか顔を真っ赤に染める玲奈。ばたんと体を起こし、ぽかんとした顔を浮《う》かべていた。

「か、海斗？　え、これ、どういうこと？」

「一緒に星を見てたでしょ。そしたら、玲奈が寝ちゃったんだよ。それで起こそうとしたら僕の膝の上で寝始めちゃって、しょうがないから起きるのを待ってたんだ」

「お、起こしてくれればよかったのに……じゃ、じゃあ海斗はあんな至近距離で私の寝顔ずっと見てたってことっ⁉」

「あ、いやごめん、悪気があったわけじゃなくて……」

「それはわかってるわよ！　そうじゃなくて、は、恥《は》ずかしいの！」

玲奈は真っ赤な顔のまま僕のお腹《なか》をぽかぽか殴《なぐ》ってきた。

「海斗、本当にずるい！　いっつも私の寝顔ばっかり見られてる気がする！　たまには立場を逆転させなきゃだめよ！」

「ええ、どういうこと？」

「ほら、今からでもやりましょう。私の膝貸してあげるから、ここで寝ていいわよ。海斗にも同じ恥ずかしさを味わってもらうわ！」

「そ、それは僕にとってはむしろ……というか玲奈、いいの？　そんなこと」

「うっ……言われてみればそれはそれで私ももっと恥ずかしいかも……」

玲奈は唇《くちびる》をすぼめてみせる。僕は小さく笑って、そのあと、ふうと一度息をついてからさっきまでよりも硬《かた》い声色《こわいろ》で言葉を紡《つむ》いだ。

「……玲奈、疲れてるんじゃない？」

僕がそう言うと、玲奈は肩《かた》をびくんと震わせた。

図星のようだった。

僕は一度ため息をつき、それからまた言葉を続けた。

「ごめんね、全然気づかなくて。今日の玲奈はずっとテンション高くて楽しそうだったからすっかり見落としてたけど……そりゃあこんなスケジュールじゃあ疲れるよね」

しばらく前、第一話のオンエアの直前に、玲奈が精神的な部分で不調になっていたことがあった。そのときにもっと玲奈のことをちゃんと見てあげようと心に決めたはずなのに、今の今まで見逃《みのが》してしまっていたらしい。

玲奈は決まり悪そうに俯《うつむ》いてしまった。

「まあ……ちょっと疲れてる、かも。でも海斗もそうでしょ？」

「そりゃまあね。仕事、全然休みのないスケジュールだもんね。でも玲奈はこの現場以外にも色々と仕事あるんだし、僕よりももっと忙しいよね」

「う、うん。そうかもしれないわ」

「まだ大丈夫そう？　限界は来てない？」

「それは大丈夫よ！　本当にちょっと疲《つか》れがたまってるだけだから、仕事に差し障《さわ》るとかは全然ないわ」

聞いてもないのに仕事の二文字を口に出す玲奈。間違いなく、自分でも少し懸《け》念《ねん》していたんだろう。僕は嘆息《たんそく》した。

「とりあえず、今日はすぐ帰ろう。それで帰ったらゆっくり休んでね。まだ九時だし、今から帰って寝《ね》支《じ》度《たく》すれば十分な睡眠《すいみん》時間が取れるだろうから」

「……うん。ありがとう、海斗」

そうして僕たちは宿へと戻《もど》った。

結果的に僕は、このタイミングで何か行動をしていればと後悔《こうかい》することになるのだけど、それはもうちょっと先の話だ。

＊

「おはよう天野君！　ほら、もう時間だよ」

「あっはい……おはようございます……」

翌朝、僕は布団《ふとん》を無理やり引っぺがすという強引な方法で起こされていた。

しょぼしょぼしている目を擦ると、そこに立っていたのは有希さんだった。もうばっちり着替えをすませている。

「あれ、何で有希さんがここに……？　朝の起床確認《きしようかくにん》がとれなかったらモーニングコールするって話じゃあ……」

「もーう、モーニングコールはしたよ！　携帯の履歴《りれき》見てみればいいんじゃない？」

「げっ……ほんとだ、三件も不在着信入ってる。すみません有希さん」

「念のために合鍵《あいかぎ》をもらっておいてよかったよー。こうやって起こしに来られたから」

玲奈にあんなことを言っておいて、僕も疲れがたまっていたのかもしれない。モーニングコールがかかってくるまで起床連絡《れんらく》を入れないのも珍《めずら》しかったし、モーニングコール自体に気付かないというのは初めてかもしれなかった。

有希さんはぽりぽりと頭をかいてみせたあと、カーテンを開けて窓の外を指さした。

「今日、ちょっと気をつけた方がいいよ」

「気をつけた方がいい？」

「さっき外に出たら八月とは思えないくらい涼しくてさ。昨日の深夜から大雨が降って、今は止《や》んでるけど空が真っ暗なんだ。全然気温上がらないって」

「はあ……それがどういう」

「まだ寝ぼけてるの？　ほら、今日は朝一からあの撮影《さつえい》じゃん」

「あっ！」

完全に忘れていた僕は、それでようやく思い出した。

今日の撮影予定はもちろん朝から晩までぎゅうぎゅうなのだけど、海で泳ぐシーンは朝一に入っていた。というのもこの島は貸し切っているわけではないから当然一般《いっぱん》の観光客もいて、その目的は九割九分海水浴だ。昼間だと他の海水浴客の関係上撮影が難しくなる。

ロケハンの結果、朝六時から八時はほぼ確実に誰もいないという情報が上がっており、そこを狙《ねら》って撮影することになっていた。おかげで僕と玲奈は五時起きという過酷《かこく》なスケジュールだった。昨日花火から帰ってからシャワーを浴びてすぐに寝たので七時間近くは寝られており、体は元気だったけど、それでもやはり早朝はしんどい。

「水温も冷たいかもしれないから、差し入れに温かい飲み物とか用意しておくよ。もちろんタオルも何枚か持ってく。あとは、念のため漢方薬を飲んでおいて」

「わかりました、ありがとうございます」

「じゃあ準備したら降りてきてね。もう、結構ギリな時間だから」

「あ、はいっ」

有希さんが部屋を出ていくと、僕は大急ぎで準備をすませ、下へと降りた。指定されていた時刻の一分前で、僕は何とか間に合う。

衣装《いしょう》さんやメイクさんが入っての準備はロケ地についてからということで僕たちはバスに乗って移動していた。宿からの移動時間は十五分ほどで、僕は移動中に簡単に朝食をとった。そしてバスを降りると、確かに少し肌寒《はださむ》さを感じた。

（こんな薄着《うすぎ》だからだろうけど……それにしても、確かにちょっと涼しいなあ）

海辺は風もあり、なおのことそう感じるのかもしれない。八月の海なんて特に昼間だとお湯みたいな水温になっているイメージだけど、今日はあまり油断しない方がよさそうだ。

僕はさっそく準備に入り、衣装さんやメイクさんによって明久の格好《かっこう》へと変身させられた。泳ぎのシーンだから衣装は海パン一枚というものすごく心もとないもので、やはり浜《はま》辺《べ》に下りるとけっこう涼しさを感じる。

「あ、着替え終わったのね海斗」

「うん。玲奈はもう準備万端《ばんたん》かあ」

「頑張《がんば》りましょう！　せっかく海斗にも練習付き合ってもらったんだから、ばっちり泳ぎを決めてみせるわ！」

そう言って拳《こぶし》を掲《かか》げてみせる玲奈は元気そうで、その点は一安心だった。

ここのシーンは僕と玲奈だけのシーンであり、音羽を含《ふく》めた他の共演者は来ていない。

一部の撮影スタッフは先に来て機材の準備をすませていたようで、スムーズに撮影へと入ることができた。森田監督《かんとく》の指示でさっそくリハーサルが始まり、まずは海に入る前、浜辺のシーンが撮《と》り終わった。

いよいよ海に入る泳ぎのシーンだ。

リハーサルのときから僕たちは海へと入ることになる。

裸足《はだし》の状態で水に足をつけると、少しひやりとした。八月の温かさではない。有希さんの忠告通り、これでは体が結構冷えてしまいそうだ。

（撮影が終わったらすぐに帰ってシャワーを浴びよう……）

心の中でそんなことを思いながらも、リハーサルが始まる。

だいたいのシーンではドライ、カメリハ、ランスルーと回数を重ねるたびに間でスタッフの準備時間が設けられ、役者は待たされるのだけど、このシーンはやや簡略化した形で進行することになった。ありがたいことにすぐに本番へと入る用意ができた、そのときだった。

ぽつり、と一粒《つぶ》の雫《しずく》が頭を打った。

海に入っているから最初は気のせいかと思ったけれど、それが二粒、三粒とどんどん増えていけばさすがに気づく。

「うわあ……」

「雨、ね……」

僕と玲奈は揃《そろ》って苦虫を嚙《か》み潰《つぶ》したような顔をした。

ドラマ撮影にとって急な天候条件の変化は大敵なのだ。

たとえばドラマで一つの場面を撮るとして、物語内での時間軸《じく》としてはその場面はほんの数分ほどだとする。それを数時間、あるいは日をまたいで撮影していると、その時間軸のずれを気をつけなければ物語はおかしくなる。さっきのシーンでは太陽は真上だったのにすぐ次のシーンで西日になっているとか、そういう事故が起きてしまう。

そしてここで雨が降ってしまうと、さっき浜辺で撮ったシーンとのつながりがおかしくなる。だからこのまま撮影を続けることはできないのだ。

「一旦《いったん》、中断だ！　上がってくれ」

予想通り、すぐに森田監督から指示が飛ぶ。

僕たちは海から上がり、スタッフたちの下へと向かった。

「スタッフが雨雲レーダーで調べたところ、どうも通り雨みたいだ。申し訳ないが少しの間待機しててくれ。雨がやんだらすぐ戻って本番を撮るぞ」

「了解《りょうかい》です」

「わかりました」

この天気では一般客《いっぱんきゃく》の出足も遅くなるだろうし、少しの遅《おく》れは大丈夫だろう。

水に濡《ぬ》れたらまずいものを守ったり、各所に連絡を取ったり、スタッフたちは大忙《おおいそが》しだ。

そんな中、ぴゅうと風が吹き、体が濡れていた水着の僕たちはいっきに体を冷やされる。

「ううっ……寒い……」

「玲奈、急いで戻ろう」

僕たちはそれぞれ別の車へと向かった。

有希さんが待っている車まで行くと、外でタオルを渡《わた》された。有希さんが傘《かさ》をさしてくれたので、僕はその下で急いで体を拭《ふ》き、それから車に乗り込《こ》んだ。

「はい。とりあえずこれを羽織って」

「ありがとうございます」

「いやー、災難だね。予報じゃあ雨は降らないって話だったのに」

「まあでも、通り雨なんですよね。ならスケジュールは狂《くる》わないしその点は良かったです」

「そうだねー」

有希さんは温かい飲み物を取り出して僕に渡してくれた。それから少し心配そうにじっと視線を向けてくる。

「どう、大丈夫？」

「あ、はい。大丈夫です。ありがとうございます」

「じゃあゆっくり休んでて。あたしの見てる雨雲レーダーだと、あと三十分くらいはこんな感じの雨が続きそうだから」

「了解です、じゃあ台本確認《かくにん》してます。午後のシーンで確認しときたい部分があって」

「天野君……ぶれないねえ……」

有希さんの苦笑《くしょう》を受けながらも午後に向けた演技練習で有意義な時間を過ごしていると、聞いていた通り三十分ほどしてから撮影は再開になった。一度だけ簡単なリハーサルをしてから本番へと入る。

ただそのあとも一度雨のため撮影が中断になり、結果的に海での撮影が終わったのは予定より一時間もあとだった。僕たちは宿に戻ってからぱっとシャワーを浴び、すぐに食事をすませてその後の撮影へと臨《のぞ》むことになった。

それからもかなりハードで、たくさんの移動を挟《はさ》みつつ最後のシーンが終わったのは九時過ぎだった。ようやく宿に帰ってきた僕は、くたくたになって自室に横になっていた。

「はあ……今日はもう寝ようかな……」

明日も朝は早いから、休めるだけ休んでおいた方がいい。

そう考えた僕はすぐに部屋のお風呂《ふろ》に入り、パジャマに着替《きが》えてしまった。

それから歯磨《はみが》きをしている途中《とちゅう》、僕は、ふと考え事をしてしまっていた。

(……そういえば玲奈、大丈夫かな)

今回のロケでは撮影が別々になるタイミングが多く、最後のシーンも玲奈は出ないため先に帰っていたのだった。別れるときは大丈夫そうだったけれど、気丈《きじょう》に振舞《ふるま》っていたという可能性も十分ある。

ちょっぴり心配になった僕は、玲奈にメッセージを入れてみることにした。

〈おつかれ。今、大丈夫？〉

すぐに既読《きどく》がつき、玲奈から返信が返ってきた。

〈どうしたの？〉

〈いや用件ってわけじゃないんだけど、調子どうかなと思って。体調、大丈夫そう？〉

するとそこで間が空いた。

突然《とつぜん》やりとりが止まったことで、僕は嫌《いや》な予感を覚えてしまう。

一分以上空いてから、玲奈からはようやく返信が返ってきた。

〈心配してくれたのね。大丈夫よ、問題ないわ〉

僕は嘆息した。これはたぶん、大丈夫じゃないやつだ。

とりあえず適当に返信を返したあと、僕は自室を出て玲奈の泊《と》まっている部屋まで向かった。僕はトントンとノックをしたけれど、反応はない。ついさっきまで連絡を取り合っていたのだから寝ているとも思えないし、帰ってほしいという無言の合図かもしれない。鍵《かぎ》付きの部屋だから勝手に入ることもできないし、帰るしかないか。

そんなことを思いながら無意識にドアノブに手をかけていた僕だけど、予想外に、ドアは普通《ふつう》に開いてしまった。僕は意図せず部屋に入り込む形になり、びっくりしてしまう。

玲奈は、ベッドで横になっていた。僕のことを見てぱちくりと瞬《まばた》きした。

「ご、ごめん。勝手に入るつもりはなくて。鍵閉まってると思って何気なくドアノブに手をかけたら、開いちゃったんだ」

「あれ……？　私、鍵かけ忘れてたのかしら」

「本当にごめん、僕帰るから」

「待って海斗、帰らなくていいわ！　私、その、ノック無視したわけじゃなくて……」

玲奈はそこまで言ってから少し気まずそうな顔を作ってみせた。その表情を見て僕は察してしまい、小さく嘆息した。

「やっぱり、体調大丈夫じゃなかったんだね」

「うっ……ご、ごめんね海斗、嘘《うそ》ついちゃって」

「熱、測らせて。うーん……ものすごい熱いってわけじゃないけど、微熱《びねつ》はありそうかな」

玲奈に近づいた僕は、おでこに手を当てさせてもらった。平熱より少し熱く感じた。

普段《ふだん》きっちりしている玲奈が部屋に鍵をかけ忘れるなんてその時点で相当参ってるんだろうと推測できる。

「監督とかスタッフにはもう連絡したの？」

「ううん。これくらいの微熱なら一晩しっかり寝れば治るから大丈夫よ、夜ご飯のあとに薬も飲んだし」

「まあその可能性もあるかもしれないけど……花梨《かりん》さんには？」

「……まだ」

「じゃあ今のところ知ってるのは僕だけかあ。とりあえず、花梨さんにはすぐ報告しておいた方がいいよ。杞憂《きゆう》で終わればそれでいいんだし」

「うん。そうよね」

　玲奈はそう言ったけれど、その口調は少し不安そうだった。報告すると良くないことが起きると思っているような様子だった。僕に嘘をついて隠《かく》そうとしたのも同じ理由だろう。

　僕はふうと息をついてから、なるべく柔らかい笑顔《えがお》を作ってみせた。

「何か必要なものがあれば教えてね。用意できるものは用意するから」

「あ、そしたら下の自販機《じはんき》で飲み物買ってきてくれないかしら。お金は私の財布《さいふ》がそこにあるから……」

「いいよ、そのくらい僕が出してあげるよ。とりあえず何本か買ってくるね。何がほしい？」

「お茶と、あとスポーツドリンクみたいなやつがほしいわ」

「了解。待っててね、今買ってくるから」

　そう言って部屋を出て階段を下りていく途中、僕は色々と考えてしまっていた。

この島でのロケは四泊《ぱく》五日という長期間に及《およ》ぶ。予備日は設定されておらず、この五日間で撮りきることができなければドラマの構成自体に影響《えいきょう》を与《あた》えてしまうことになる。スタジオや近場でのロケと違《ちが》って、これほどの大所帯をまた改めて派遣《はけん》するというのは困難だ。島での撮影許可の兼《か》ね合いも出てくる。

玲奈も当然そういった事情はわかっているだろうから、頑張ろうとしているんだろう。でも、今日はまだ二日目だ。あと三日もある。

毎日過酷なスケジュールのロケが続くのに、玲奈は今からあの様子で乗り切ることができるのだろうか。仮に乗り切れたとしても、玲奈の体調はボロボロになってしまうのではないか。そんな玲奈の姿を隣で見るのは、嫌だ。

(どうしたらいいんだろう……)

自販機で五百ミリのペットボトルを四本買った僕は、両手に抱《かか》えてまた階段を上った。

部屋に戻ると玲奈はもう眠っていたので、僕は物音を立てないように静かに半分を冷蔵庫、半分をベッドの隣のテーブルに置いて、部屋を出た。

とりあえず、今日のところは様子を見ることにしよう。

明日玲奈が回復していればそれが一番だ。

僕は不安を抱えたまま、眠りにつくことになった。

その翌朝。

昨日とは打って変わって雲一つない快晴だった。ぽかぽかと暖かい。

「おっはようございまーす！」

「おはよう音羽、音羽は今日も元気だね」

「はい！　これぞ夏っていう気持ちいい天気ですからねー、絶好調です！」

ぶるんぶるんと手を回してみせる音羽は、本当に元気そうだった。玲奈以外の共演者まで倒れていくと洒落《しゃれ》にならないけど、音羽に限っては大丈夫《だいじょうぶ》そうだ。

「そういえば玲奈見なかった？」

「玲奈さんですか？　あ、あそこでスタッフの方とお話ししてますよ」

「ほんとだ」

僕は様子を見るために少し近づいてみることにする。会話の内容はあまり聞こえないけれど、体調不良の話ではなく今日の衣装についての簡単な打ち合わせのようだった。玲奈はいつもの天才女優モードで、隙《すき》のない可憐《かれん》な立ち振《ふ》る舞《ま》いをしている。

話が終わったところを見計らって、僕は玲奈の隣へと移動した。

「おはよう、玲奈」

「あっ、おはよう海斗」

「どう？　体調は」

「一晩寝たらだいぶ良くなったわ。これなら大丈夫そう」

「そっか、それなら良かった。本当に無理はしないでね」

「うん。ありがとう」

玲奈がにこりと笑みを作ったところで、撮影開始の合図が入った。

僕たちはそれぞれ準備に取り掛《か》かる。

そうしていつも通り撮影が進行していくのだけど、僕は撮影中、意図的に玲奈の様子をちょこちょこ観察していた。

玲奈はさすがのプロ根性《こんじょう》というべきか、カメラが向けられているときはいつもと全く遜《そん》色《しょく》ない完璧《かんぺき》なパフォーマンスを発揮していた。だけど休憩《きゅうけい》中にちょっと表情を歪《ゆが》めているところや気づかれないように目を瞑っているところが目に入り、やはり調子が良くはなさそうだなと感じてしまった。

さすがにこの調子だとマネージャーには報告しておいた方がいいと判断した僕は、昼休憩、花梨さんのもとへと向かっていた。

「あ、すいません、おつかれさまです」

「んー、どうしたの天野君？」

　昼休憩はお弁当が支給されて各々《おのおの》で食べるという感じだったので、花梨さんは有希さんと二人で食べていた。この姉妹《しまい》は本当に仲が良いのだけど、それはともかく、僕が来て最初に反応したのは有希さんの方だった。

　僕は慌《あわ》てて両手を振る。

「あっすいません、用事ってのは有希さんじゃないんです。花梨さんに伝えておかなきゃいけないことがあって」

「わたしですか？」

「はい。もしかしたらもう本人から報告あったかもしれないですけど、玲奈、昨日の夜からちょっと体調が良くなさそうなんです」

「体調が？」

　花梨さんは一気に表情を硬くする。隣の有希さんは不思議そうに目を瞬かせていた。

「ほんとに？　今日の撮影もキレッキレの演技だったよね」

「昨日の夜は微熱があったし、今日も見てたんですけどちょっと本調子じゃなさそうでした。有希さんの言う通り、今のところ演技には支障出てないみたいですけど……」

「そうですか……すみません、わたしは気づいてなかったです。教えていただきありがとうございます」

花梨さんはぺこりと頭を下げた。やはり、玲奈はまだ報告していなかったみたいだ。隠せるところまで隠そうというつもりだったんだろう。

「花梨、もしかして水沢《みずさわ》さんとうまくいってないの？」

「そういうわけではないんですが……あの子、自分の都合で現場のスケジュールを乱すことを極端《きょくたん》に嫌《きら》うんです。わたしはどちらかといえば心配性《しんぱいしょう》の方なので、体調が悪そうだったら色々手を回してしまうんですが、それを嫌がったのかもしれないです」

「うーん、なるほどねー」

正直、花梨さんに報告してよかったのだろうかという迷いは今でもある。

玲奈の意思を尊重してあげるなら、僕は黙《だま》っているべきだったのだ。

でも、僕はそれができなかった。何もしなければ玲奈が無茶《むちゃ》をすることはわかっていたし、各所への調整や必要なケアなどは僕には十分な知識がない。だから僕が単独で何かしようとしても玲奈の助けにはなれないし、大人たちの力を借りるべき場面だと判断した。

「どうしたらいいでしょう？　僕では判断がつかなくて。それで報告と相談に来たんです」

「そうですね……とりあえず、制作陣《せいさくじん》には早めに共有しておいた方がいいでしょう。万が一水沢が体調的に演技できない状態になったとき、最低限のダメージで済むように必須《ひっす》のシーンは先に撮るとか対策は取れます」

「なるほど」

「あとは、本人次第《しだい》ですから……向こうから言ってこないかぎり、一旦注視するだけにしておきます。すみません天野さん、ご自分の演技もある中で水沢に気を遣《つか》っていただいて」

「大丈夫です。じゃあ、えっと、よろしくお願いします」

そう話をしてから僕は二人のもとを離《はな》れた。

そうして午後の撮影に入ると、花梨さんが迅速《じんそく》に手を回してくれたらしく、一部の撮影スケジュールが変更《へんこう》になっていた。なるべく玲奈が休憩を長く取れるよう、現場の動きにも配慮《はいりょ》を感じた。

だけど、玲奈の体調は悪化する一方だった。

「玲奈さん、みんなで晩ご飯食べません？」

「え？　あ、ごめん……私、今日は部屋で食べたくて。遠慮するわ」

少し早めの七時に撮影が終わったあと、宿に帰ってきたところで音羽は玲奈を食事に誘《さそ》った。普段ならばよっぽどの用事でもないかぎり誘いを断ることのない玲奈だったけど、今日はあっさりと断って部屋へと帰っていってしまった。

その後ろ姿をぼんやり見ていた音羽は、僕の方に深刻そうな目を向けた。

「あの、天野先輩《せんぱい》、玲奈さんの様子おかしかったですよね」

「ああうん……」

「体調、悪いんでしょうか……？　何だか今日は現場でもちょっと変だった気がして」

音羽も玲奈の異変に気づいていたようだった。

僕は一度頷《うなず》いたのち、素直《すなお》に話す。

「実は、昨日の夜には微熱があったんだ。もともと疲れがたまってたみたいで、ここのロケは過密スケジュールだし海のロケは色々あってだいぶ体冷えちゃう感じだったから……そういうのが重なって、体調崩《くず》したんだと思う」

「ええっ？　そうなんですか？」

「今日も朝は元気だって言ってたけど、それでも微熱はあったんじゃないかな」

「ううっ……音羽、不覚です！」

玲奈の不調を一早く察してやれなかった不甲斐《ふがい》なさからか、音羽はぐっと強く唇を噛みしめていた。

「天野先輩、ちょっと様子を見に行きませんか？」

「うん、そうだね。僕も心配だし。もし寝てたら起こしちゃうのも悪いけど……」

「そしたら、すぐに引き返しましょう。音羽だって玲奈さんに迷惑《めいわく》かかるのは嫌です」

「じゃあ行ってみよっか」

そうして僕たちは玲奈の部屋を訪《おとず》れていた。ノックをすると、昨日とは違って玲奈は内側から鍵を開けて扉《とびら》を開いてくれた。

「海斗……それに、音羽ちゃん……」

「え？　れ、玲奈さんっ？」

だけど出てきた玲奈を見て、音羽は思わず悲鳴のような声をあげていた。

僕も同じ気持ちだった。

さっきまでは少し様子がおかしいというくらいで普通に喋《しゃべ》っていたはずなのに、今の玲奈はどこからどう見ても病人といったふうだった。顔を火照《ほて》らせ、白いマスクをつけている。弱々しい目を浮かべ、立っているのがやっとというふうな気だるげな様子だ。

「ど、どうして？　さっきまではそこまでひどくなかったですよね？」

「気を抜《ぬ》いたら、いっきに体がしんどくなってきて……ちょっと熱出ちゃってるかも」

「ちょ、ちょっと触《さわ》りますね……って」

音羽は玲奈の頬《ほお》に手を添《そ》えたと同時に、表情を強張《こわば》らせた。

そして無言のまま僕の方に顔を向けてきた。見たことのないようなすごい目をしていた。

僕も玲奈の額に手を当ててみて、びっくりした。ものすごく熱いのだ。

昨日の比じゃない。微熱で済む話じゃなくて、かなりの熱が出ていそうだった。

背筋が、ぞっとした。

「れ、玲奈！　今すぐ横になって！」

「うん、そうする……あっ」

玲奈はふらりと倒《たお》れそうになり、僕が慌てて支えた。玲奈と正面から抱《だ》き合うような格好になり、身体の熱が直に伝わってくる。こんなときにも少しだけドキドキしてしまう自分が嫌で、僕はぐっと玲奈の体を持ち上げてやった。

「大丈夫？　歩けそう？」

「音羽が肩貸します！　玲奈さん、ベッドに連れていきますね！」

「ありがとう……音羽ちゃん」

玲奈がベッドに入り、布団をかぶると、とりあえず僕と音羽はほっと息をついていた。だけどそれで落ち着けるはずもなく、僕はすぐに尋《たず》ねていた。

「玲奈、こんな体調で、今日演技してたの？」

「ち、違うの……たぶん演技やってるときはアドレナリンが出てて、そこまでしんどくなかったの。部屋に帰ってきてから急に調子がおかしくなってきて……」

「知らず知らずのうちに無理しすぎてたんだよ」

話していると、布団にくるまっていた玲奈は小さく身震《みぶる》いした。夏だから布団は薄《うす》いもの一枚で、玲奈も服装の用意がなかったせいか着ているのは半袖《はんそで》のパジャマだ。

「玲奈、寒いの？」

「うん。ちょっと、寒い……」

「フロントの人に頼《たの》んで毛布もらってくるよ。僕、長袖《ながそで》の服持ってきてたからそれも貸してあげる。他に必要なものはない？」

「そこの薬箱……取ってくれない、かしら」

「はい、取ります！　どうぞ、どれが要《い》りますか？」

僕と音羽は慌てて玲奈のために必要なものを準備するべく、奔走《ほんそう》していた。

とにかく何か食べなくてはいけないので、音羽が近くの売店まで走ってゼリーや果物などありったけのものを買ってきた。島の夜は早く、店が閉まるほんの数分前だったらしい。

走って帰ってきた音羽は大汗《おおあせ》をかいていたけれど、玲奈は何とか食べられそうなものだけを口にして、それから薬を飲んだ。

「じゃあ音羽たちは出ていきますから、ゆっくり休んでください」

「何かあったらメッセージ来ればすぐ飛んでくるよ」

「ありがとう、二人とも」

それで僕《ぼく》たちが出ていこうとした瞬間《しゅんかん》、部屋のドアが外から開けられた。

入ってきたのは花梨さんだった。

花梨さんは僕と音羽のことを見て驚《おどろ》いたように目を瞬かせていた。

「水沢の体調を確認しに来たんですが、もうお二人が見てくださってましたか」

「あ、はい」

「ちょっと見せてください……」

僕たちの陰《かげ》に隠れていた玲奈の姿を見た花梨さんは、文字通り絶句していた。想定したよりも遥《はる》かにまずそうだったのだろう。花梨さんはいつになく慌てた様子で持ち物の中から体温計を取り出し、玲奈へと手渡《てわた》した。

「これ、体温測ってください。脇《わき》に入れて」

「う、うん」

僕たちが息を呑《の》んで待っていると、ピピピと耳慣れた音が鳴り、玲奈は脇から体温計を取り出した。そして自分で数字を見て、表情を曇《くも》らせた。

花梨さんは数字を見て深々とため息をついた。

「三十八度二分……よくもまあ、無理しましたね」

「ご、ごめんなさい……」

「わたしがもっと早く止めておくべきでした。自分からアラートを出してこないうちは意思を尊重すべきと考えていたのですが、こうなるまで抱え込んでるとは思わなかったです」

「花梨さん、いつから気づいてたの？」

「今日の昼、天野さんが教えてくれたんです」

「え……？　海斗、が？」

「ごめんね玲奈、花梨さんには伝えておかないとまずいと思って。僕じゃ、どうやって対応すればいいかわからなかったから」

　花梨さんは体温計を荷物の中にしまうと、代わりにノートを取り出し、中を開いた。

「さっき、スタッフの人たちと打ち合わせをしてきました。体調次第でこれからどうするかを確認していたんですが、最悪の場合も想定しておいてよかったです」

「最悪の場合って……」

「もちろん、あなたはここで離脱《りだつ》です。これ以上は撮影できないでしょう」

「な、何を言ってるの！」

　玲奈は興奮したように声を上げる。体がしんどいためか渋面《じゅうめん》を浮《う》かべていたが、その瞳《ひとみ》はじっと花梨さんの方に向いていた。

「明日、明後日のシーン、撮らないわけにいかないでしょ！　ここで離脱なんて、中途半《ちゅうとはん》端《ぱ》な映像になるわよ……！」

「わかっています。でも、そんな状態で撮影に参加できるわけないでしょう」

僕と音羽は隣《となり》に立っていたけれど、何も口を挟むことができなかった。花梨さんの毅然《きぜん》とした対応はマネージャーとしては当然だ。タレントがこんな状態になって、現場に行っていいというマネージャーはいない。

でも、玲奈は、花梨さんを睨《にら》みつけた。

お互《たが》いに睨みあいになり、少しして折れたのは花梨さんだった。

「……わかりました。それなら、わたしも折れます。明日は丸一日休ませてもらって体調を回復させて、問題なければ明後日に撮影に復帰するということでどうですか？　それなら、少なくとも半日分は撮影できるので、マストのシーンだけ撮れば台本の修正は最低限ですむでしょう」

「だめよ。それも、だめ」

花梨さんなりの妥協案《だきょうあん》だったのだろうけど、玲奈は、首を横に振った。

興奮のせいで熱が上がってしまいそうで、見ていられなかった。見たことないほど体を赤く火照らせているしんどそうな玲奈の姿に、僕は思わず顔をそむけてしまう。

「私は、明日も朝から撮影に参加するわ。大丈夫よ、解《げ》熱剤《ねつざい》飲めば何とかなるから」

「何とかなりません。そんな体調で現場行って、何になるんですか？　ろくな演技にならないでしょう」

「できるわよ。今日だって、演技は問題なかったはずよ」

「仮に何とかなったとしても、更《さら》に体調が悪化します。ロケから帰ってもたくさん仕事あるんですから、ちゃんと治すことを優先してください」

「わかってない！　花梨さん、全然わかってない！」

玲奈は駄々《だだ》っ子のような声を上げた。

「ここの島でのシーンは……必ず、全部撮りきらないとダメなの！　カバーできないんだからそれだけ作品の質が下がっちゃう……今無理して、帰ってから倒れても、仕事の調整はきくはずよ。撮影以外の仕事は全部キャンセルすればいいし……ドラマだって予備日があったはず、だから……」

玲奈はぐっと布団《ふとん》を握《にぎ》り、苦しそうな顔のままぐっと歯を食いしばった。

「だから！　体調悪化しても何でも……このロケは、絶対最後までカメラの前に立つわ！」

僕は、そんな玲奈の姿を茫然《ぼうぜん》と見ていた。

こんなに頑固《がんこ》で、意思を曲げようとしない玲奈を見たのは初めてだった。

いつも物腰柔《ものごしやわ》らかく、人当たりの良い玲奈が、こんなにも強く思いを主張するなんて。

花梨さんも完全にお手上げのようで、困ったように僕と音羽に助け舟《ぶね》を求めてきた。

「天野さん、桃瀬《ももせ》さん、何か言ってあげてください。この子、わたしの言うことは聞いてくれそうにないので」

「は、はいっ！　えっと……玲奈さん、さすがにその体調は休んだ方が良いと思います！」

「音羽ちゃん」

「音羽、そんな状態でカメラの前に立つ玲奈さん、見てられないです！　作品のことを考えれば出たいというのはわかりますけど……自分の体を一番に優先してほしいです」

そんな後輩《こうはい》からの言葉は、確実に正論だった。

音羽は僕にも同意を求めてくる。

「天野先輩も、同じ意見ですよね？」

「いや、僕は……」

しかし、そこで、僕は言葉を詰《つ》まらせてしまった。

もちろん玲奈のことは心配だ。三十八度も熱がある状態で明日一日過酷なスケジュールの撮影をこなすというのは無理だと思うし、そのあとどうなるか考えるだけでもぞっとする。だから幼馴染《おさななじみ》としては、休んでくれと言いたかった。

だけど、役者として、玲奈の気持ちは痛いほどわかってしまうのだ。

僕だって、同じ状況《じょうきょう》だったら解熱剤でも何でも飲んで現場に行くと主張しただろう。

このロケの重要性、ここで休んだときの取返しのつかなさ、作品に与える影響、そういうことを勘案《かんあん》すればこのあと体がどうなってもここだけは踏《ふ》ん張るという意思決定になるのも理解できた。僕は玲奈にそれを強要するつもりは絶対にないけれど、玲奈がそれを主張しているのに、止める言葉はなかった。

玲奈は僕の逡巡《しゅんじゅん》を見て、僕の考えを察したのだろう。僕だけが頼《たよ》りだとばかりに弱々しく手を伸《の》ばし、僕の手をぎゅっと掴《つか》んだ。

熱い。手を介《かい》して、熱が伝わってくる。

「海斗、お願い」

「玲奈……」

「約束、したでしょ。最高の作品を作るために……二人で協力するって。私、こんなところで休んで、あとで後悔《こうかい》したくない」

その言葉に、僕は心を揺《ゆ》さぶられた。

そうだ。

もし僕が逆の立場で、撮影《さつえい》を休んで中途半端に改変されてしまったオンエアを見たら、絶対に後悔する。

ぐっと力をこめてくる玲奈からは、言葉がなくとも強い思いが伝わってきた。

僕は、唇《くちびる》を噛んだ。そして、決心を固めた。

「花梨さん！」

大きな声に何事かと身構えた花梨さんに対し、僕は、深々と頭を下げた。

「お願いしますっ！　玲奈に、やらせてあげてください！」

「天野さん……？」

「天野先輩……？」

「玲奈の気持ちは、すごくよくわかるんです。僕だって、同じ立場になったら絶対に同じことを言ってると思います。だから……やらせてあげてほしい、です」

部屋には沈黙《ちんもく》が流れた。数秒しても誰《だれ》も言葉を発しないから恐《おそ》る恐る顔を上げてみると、花梨さんは渋面を浮かべていた。口を真一文字にして、眉間《みけん》にぐっとしわを寄せている。

「水沢がこの作品に特別な想《おも》いを持っているのは知っていますが……それでも、たくさんこなしていく主演作品の一つです。ここで無茶して体を壊《こわ》してしまったら……そう考えると、マネージャーとして許可することはできません」

「花梨さんの考えもよくわかるんです……わかるんですけど……」

自分の言葉がどこまでも無責任だということはわかっている。玲奈が体を壊したからと

いって、僕が何か責任をとれるわけでもない。関係各所に頭を下げるのは花梨さんやアメシスト芸能事務所の人だし、困るのは玲奈だ。僕は部外者に過ぎない。

そのもどかしさに歯噛《はが》みしていた。できることなら、玲奈の体調不良を僕が引き受けてあげたかった。僕ならばこのドラマ以外に仕事はないし、倒れたところで困らないのに。

とにかく部外者に過ぎない僕は、お願いすることしかできない。

そして花梨さんがそれを拒絶《きょぜつ》すれば、僕はもうなすすべがない。

そこまで考えた僕は、だけど、そこで改めて自分に問いかけていた。

（本当に、僕は何もできないのか……？）

玲奈がこんなに苦しんでいるのに、ただ無責任なお願いをすることしかできないなんて、悔《くや》しかった。考えろ。共演者である僕の立場から、玲奈のために僕がしてあげられること。

何か、何かあるはずだ。

頭を絞《しぼ》ったけど何も思《おも》い浮かばなかった。本番の時間が長引かないように徹底的《てっていてき》に練習しておけばほんの少しは助けになるかもしれないけれど、そんなことが花梨さんを説得する材料になるとも思えない。僕は考えて、考えて、結局何のアイデアも出なかったけどそれでも勢いのまま言った。

「花梨さんっ！　玲奈の負担を極力減らすスケジュールを提案します！　そしたら、玲奈の撮影への参加を許可してくれますか？」

「何か良いアイデアがあるんですか？」

「いえ……でも、絶対考えられるので少しだけ時間をください。お願いします！」

「まあ、待つのは構わないですけど……それならとりあえず、わたしは今のうちに状況を会社に連絡《れんらく》しに行きますね。水沢はうちの看板女優なので、その体調管理は場合によってはわたしの権限に収まらない案件になります」

花梨さんはそう言って足早に部屋を出て行った。

ひとまず、玲奈が現場に立てる可能性が完全に断《た》たれるのは防げた。

でも、それも僕が花梨さんを納得《なっとく》させられる提案をできるという条件付きだ。明日の予定は既《すで》に共有されているから、それと睨めっこして考えるしかない。

「海斗……私、明日現場に立てるかしら……？」

玲奈は不安そうな瞳を浮かべていた。僕は、ふうと息をついた。

「大丈夫。玲奈は寝《ね》て体を休めることに専念して。玲奈が明日現場に立てるように、僕が何とかするから」

「……うん。わかったわ、海斗のこと信じる」

「じゃあ音羽、行こう。これ以上いても玲奈の休む邪魔《じゃま》になっちゃうから」

「あっはい！　えっと玲奈さん、電気消しますね。大丈夫ですか？」

「ありがとう音羽ちゃん。あ、鍵、外から閉めてくれるかしら？　そこの鍵持って行っちゃっていいから」

「わかりました。明日の朝、返しにきます。何か必要なものがあったらすぐに来るので携《けい》帯《たい》で連絡してください」

そうして僕たちは玲奈の部屋を出た。


「で、天野先輩、どうするんですか？」

廊下《ろうか》に出たところで音羽はじっと視線を向けてきた。

「あんなふうにマネージャーさんに言ってましたけど、まだアイデアはないんですよね？」

「うん……ちょっとした時短なら思いつくけどそれは今日の午後もやってたしなあ。花梨さんの首を縦に振らせるようなアイデアはまだ思いついてない」

「ううっ、音羽も何か力になりたいですっ！　玲奈さんがあんなふうになってるのに何もできないなんて、もどかしいですっ！」

音羽は本当にもどかしそうにばたばた体を動かした。

僕だって、気持ちは同じだ。何とかしてあげたい。玲奈の力になりたい。もどかしさで打ち震《ふる》えそうだった。さっき花梨さんには玲奈の負担を極力減らすスケジュールを提案すると言ったけれど、やっぱり何も思いつかない。このままだと、結局花梨さんは許可を出してくれず、玲奈は明日現場に立てないだろう。それでオンエアのあと、玲奈は悲しむし、自分を責めてしまうかもしれない。

そんな未来は嫌だった。玲奈が望むのなら、明日現場に立たせてあげたい。強い気持ちだけが空回り、それが苛立《いらだ》ちを募《つの》らせる。僕は目の前に立っている音羽を見ながら、ぐっと唇を噛《か》んでいた。

（……ん？　待てよ、音羽？）

だけどそこで。

僕は、一つのアイデアを閃《ひらめ》いてしまった。

それが実行可能なのかを見極《みきわ》めるため、僕は音羽のことをじっと見つめる。

音羽はそんな僕に、戸惑《とまど》ったように頬をかいた。

「え、あの先輩、どうしたんですか？」

「音羽、明日の仕事が増えちゃうかもしれないけど、それでも大丈夫？」

「音羽ができることがあるんですか？　やります！　絶対やります！」

「まだ実現できるかはわからないけど……」

僕は玲奈と音羽が並んで立っているところを思い出していた。だけど記憶《きおく》を辿《たど》るだけでは限界があり、僕は音羽に直接尋ねることにした。

「玲奈の体のサイズってわかる？　身長とか、スリーサイズとか」

「……はい？」

「あと、音羽の体のサイズも教えてほしいんだ」

「な、なんですか……？」

ぞわぞわっと身震いした音羽は、僕から数歩ほど距離《きょり》を置いた。

「先輩、こんなときに変態みたいな発言はどうかと思いますっ！　それに玲奈さんはわかりますけど何で音羽の情報まで知りたがるんですか？」

「待って、ごめん、そんな冷たい目をするのはやめて！　これには事情があって！」

僕は慌てて弁解し、それから自分のアイデアを音羽に話した。音羽はドラマ現場の専門用語に通じているわけではないのでなるべくわかりやすく嚙み砕《くだ》いて話すと、話の終わりには音羽も納得したように頷き、ため息をついた。

「……なるほど、それならそうと先に言ってくださいよ」

「ごめん、ちょっと冷静じゃなくなってる。デリカシー皆無《かいむ》なこと言っちゃって本当にごめん……」

「まあ、気持ちはわかるんでいいですけどね。音羽も今、たぶん冷静じゃないです」

音羽はそう言いながらポケットから携帯を取り出し、画像フォルダをスクロールし始めた。そして僕に画像を見せてきた。

「先輩の質問に答えると、たぶん体格はほとんど同じだと思います。二人で遊びに行ったとき服を試着したんですけど、これ、全く同じサイズで上下コーデしてる写真です。というかこれ送っちゃいますね」

「あ、うん。ありがとう」

音羽が送ってきたのは、かなり露出《ろしゅつ》多めの夏服を着た二人の写真だった。

体型の近さを比べるのに適したものというチョイスなんだろうけど、オフショルダーかつへそ出しのトップスを着た女の子の写真をまじまじと見つめるのはさすがに抵抗《ていこう》があった。お互いを撮《と》り合ったのだろうけど、玲奈なんて顔を真っ赤にしている。

他にも音羽は何枚か写真を送ってきた。僕は何か悪いことをしているような気分になってしまったけど、目で見て比べて、確信を持つことができた。

「うん、これなら大丈夫そうだね」

「良かったです。あっ先輩、音羽の写真は終わったらちゃんと消しておいてくださいね」

「えっ？　別にいいけどどうして？」

「だって、たまたま履歴《りれき》を見られて玲奈さんに変な誤解されたらどうするんですか！　音羽、玲奈さんから嫌われたら生きていけないです！」

「ええ？　どういうこと？」

「はあ、これだから天野先輩は……」

音羽は盛大《せいだい》にため息をついて、やれやれと肩《かた》をすくめる仕草をした。その理由はよくわからなかったけど、そんな話をしているうちに花梨さんが急ぎ足で戻《もど》ってきた。

「お疲《つか》れ様《さま》です。一応、上からはタレント本人の意思を尊重して大丈夫だと思ったらゴーサインを出していい許可を得ました。なので天野さんからわたしが納得するアイデアが出て、明日の朝水沢の体調が大丈夫そうであれば撮影への参加を許可します」

「なるほど。それはありがたいです！」

「それで、良いアイデアはあるんですか？」

僕はこくりと頷いて、さっき音羽に話したことをもう一度説明した。

花梨さんは黙ったまま聞いていたけれど、話が終わると、感心したような顔をした。

「確かに、それなら水沢の負担はだいぶ減るかもしれません」

「監督《かんとく》を説得する必要はありますが、それは僕がやります」

「……わかりました、いいでしょう。もし監督がその案を了承《りょうしょう》してくれたら、わたしも明日水沢が現場に立つ前提で関係各所との調整を進めます」

「あ、ありがとうございます！」

僕のアイデアで玲奈の負担が軽減されたとしても、依然《いぜん》としてリスクが大きいのは事実なのだ。そしてそのリスクに対する責任を僕は取ることができない。だから、花梨さんがこの決断をしてくれたのは、本当にありがたかった。

僕が深々と頭を下げ、音羽もそれに合わせて頭を下げると、花梨さんは少し照れくさそうに頰をかいてみせた。

「わたしだって、水沢のああいう仕事に本気で取り組むところに惚《ほ》れ込《こ》んでマネージャーやってるんです。立場上反対せざるを得ませんでしたが、本当なら、あの子の言うようにさせてあげたいんです」

「花梨さん……」

「ううっ、玲奈さんはマネージャーさんも素敵《すてき》な人なんですね！」

「とにかく、それでは監督のところに行かないといけないですね。わたしも同行してよろしいでしょうか？」

「音羽も行きたいです！」

断る理由もない。二人に来てもらった方が、心強い。

僕は首を縦に振り、三人で森田監督のもとへと向かった。

「天野に、桃瀬。それに白石《しらいし》マネージャーまで……こんな夜遅《よるおそ》くにどうしたんだ？　ただごとじゃなさそうな雰囲気《ふんいき》だが」

森田監督の泊《と》まっている部屋を訪ねると、在室していた。放送直前である最新話の編集最終チェックをやっていたそうだ。机の上にはノートパソコンが置いてあり、その横には大きめのサイズのメモ帳が置かれていた。

「すみません、お邪魔してしまって。でも緊急《きんきゅう》で相談したいことがあるんです」

「相談？」

「玲奈さんが高熱を出して倒れちゃったんですっ！」

「なにっ？　それはどうなってる、医者は呼んだのか？」

「わたしが先ほど手配したので、あと少しで到着《とうちゃく》するはずです。着き次第、水沢の部屋にて適切な処置をしていただきます」

いつの間にか花梨さんはそんなことまでしていたらしい。島の医療《いりょう》体制は優《すぐ》れているとは言えず、小さな病院が一つあるだけと聞いていた。すでに閉まっている時刻だが、往診《おうしん》の交渉《こうしょう》をしたのだろう。

森田監督は長話になると感じたのか一度ノートパソコンを閉じ、椅子《いす》をこちらに向けた。

「それで、容態はどうなんだ？　明日と明後日の撮影は、厳しそうなのか？」

「本人はやりたいと言ってました。解熱剤を飲んで、這《は》ってでもやるつもりです。でもあの様子だとだましだましやったところで、どこまで持つか」

「くそっ、それじゃあ脚本《きゃくほん》自体に大幅《おおはば》な修正が必要になるな」

「いえ……そうならないように、ここに相談に来たんです」

僕がそう言うと、森田監督は目を見開いた。そして静かに頷いた。

「わかった、じゃあ聞かせてもらおう。話してみろ」

「玲奈の参加するリハーサルを、一回だけにしてほしいんです」

「一回だけ？　お前、何のために三回もリハーサルやってるかわかってるだろ？」

「もちろんです」

それを聞かれるのは予想通りだ。

「ドライは技術的要素を含《ふく》まずに役者が台詞《せりふ》やブロッキングを確認《かくにん》してシーンの流れを把《は》握《あく》する、役者のためのものです。カメリハはカメラのセットアップ、照明、音響《おんきょう》などの技術的な要素を含めた、スタッフのためのものです。そしてシーン全体を通しで行うのがランスルー、これは役者とスタッフ両者の最終確認です」

「その通りだ。全てが必要なプロセスだから、三回もやっている。それを一回に省略するというのは、それで作品のクオリティが多少落ちる方がまだましということか？」

「いいえ、違《ちが》います。クオリティは、落とさせません」

正直、今までと全く同じクオリティを実現できるかと言われれば、自信はない。

だけどここは虚勢《きょせい》でも言い切らなければいけない場面だ。

だから僕は堂々と嘯《うそぶ》いてみせる。

「まず、カメリハについてですが……先ほども言ったようにスタッフのための時間なので、スタンドインを採用することで玲奈本人の参加は省略します」

スタンドインというのは業界用語で、演者本人の代わりに立って撮影や照明の準備作業を行う人のことだ。用語があるくらいだから、ドラマの撮影現場においてカメリハの代役を立てることはそれほど珍《めずら》しくない。玲奈は全部自分でやりたいというタイプなので今までは使われていなかっただけの話だ。

「それができるなら良いが、裏方は数センチ単位の細かな調整をするんだから、スタンドインは水沢と背格好がほとんど変わらない人間がやる必要があるのはお前も知ってるだろ？　今から島の中でそんな人を探してこいってのか？　水沢はまだ高校生で大人の体格になりきってないから、スタッフやエキストラには適格者はいないぞ？」

「大丈夫《だいじょうぶ》です！　もう適格者は見つかってますから」

「見つかってるだと？」

「はいっ！　ここでーす！」

音羽は明るい表情で手を左右に振《ふ》る。森田監督は音羽を見て、目をぱちくりさせた。

「……なるほど。確かに、今まで意識はしてなかったが……二人の背格好は、近いな」

「僕がさっき写真で確認しましたが、体格はほぼ同じです。必要ならばあとで共有します」

「いや必要ない、お前がそう言うならそうなんだろう。桃瀬は代役をやってもいいのか？」

「もちろんです！　玲奈さんのためになるのなら、音羽はやります！」

「そうか。ははっ、豪華《ごうか》すぎるスタンドインだな」

森田監督は笑った。確かに、ドラマ出演者でありドームで歌う歌手のスタンドインなんて聞いたことがない。

「じゃあ、もう一つはどう削《けず》るんだ？　まだ二つあるぞ？」

「それは……そもそも、一つでいいはずなんです」

「何？」

「そもそも何でドライをやるのかって話です。ドラマ撮影では一般的《いっぱんてき》に、リハーサルの前に役者同士が演技することはないですよね？　だからドライが必要になりますけど……僕と玲奈は、今日演じるカットは全て、五回以上二人で合わせて練習してます」

僕たちの積んできた演技練習は、通常の現場の基準で考えれば明らかに過剰《かじょう》だ。

でもそれだけ一緒《いっしょ》にやってきたことは無駄《むだ》ではないし、最高の作品という約束を果たすために必要だと思っていた。

そして結果的に、そのおかげで今日、僕は胸を張って堂々と言える。

「今までの撮影だって、ドライの段階で修正が入ることは少なかったです。それなら、ランスルーだけ一度やって修正点を口頭で伝えてくれれば、玲奈は本番で修正できます」

「いや、確かに少ないとはいえ、修正を入れることはそこそこあっただろ」

「それはほとんど僕に対する指摘《してき》のはずです。だって玲奈のあの没入《ぼつにゅう》型の演技は細部を調整するものではないし、繊細《せんさい》な受けをするのは僕の役割ですから」

「まあ……確かにそうだな」

「それなら、カメリハのときに僕は音羽のことを玲奈だと思って演技するので、そこで修正を入れてください。それで十分です、やれます。やってみせます」

僕は数か月間ずっと一緒に玲奈と練習してきた。玲奈がいなくても、あたかも目の前で本人が演技しているイメージを組み立てるには、十分な時間だった。

僕の話が終わると、森田監督は腕《うで》組みして考え始めた。その沈黙が数分間続き、僕たちは固唾《かたず》を呑んで見守っていると、森田監督はようやくおもむろに口を開いた。

「わかった。それでいこう」

その言葉に、僕は思わず飛び上がりそうになる。

「水沢が参加するのは一回のリハーサルと本番のみで、あとは水沢抜《ぬ》きでやる。それに加えて撮影の順番も可能な範囲《はんい》で入れ替《か》えて、水沢のないシーンを午前中に撮ろう。そうすれば水沢は長く寝て休める。あとは……撮影の合間、水沢をどうやって休ませるかだが」

「わたしの方で水沢が横になって休める大型レンタカーを明朝までに手配します。費用は事務所持ちでも構わないです」

そのあたりは花梨さんがばっちりこなしてくれる。森田監督も頷いた。

「じゃあ、明日は頼むぞ。天野、桃瀬」

「わかりました！」

「はいっ！」

これで良かったのかはわからない。玲奈が無事に撮影を乗り切れるという保証はない。だけど少なくとも、僕にやれることはやった。

残る仕事は、ミスをゼロにするため部屋に帰ってから台本を改めて読み込むくらいだ。

＊

「おはようございます」

マスク姿で現れた玲奈に、共演者やスタッフたちの視線が一斉《いっせい》に集まる。

玲奈の体調のことは周知されており、既に現場にいる全員が知っていた。だからみんな玲奈のことを遠目で心配そうに見ていた。

「玲奈、体調はどう？」

「玲奈さん、大丈夫ですか？」

「二人とも、ありがとう。あんまり大丈夫じゃないけど……でも一応解熱剤は飲んできたから熱は下がってるわ。メイクも少し濃《こ》くしてもらったから顔の赤みは目立たないと思うんだけど、どうかしら？」

「それは大丈夫です。いつも通り白くて綺麗《きれい》なお顔ですよ！」

「本当？」

玲奈はにっこり微笑《ほほえ》んでみせた。

「でも、聞いたわ。海斗も音羽ちゃんも私のために色々頑張《がんば》ってくれたって……監督に直《じか》談判《だんぱん》しに行ってくれたんでしょ？　ありがとう、二人とも」

「ううん、別に大したことはしてないよ」

「音羽なんて先輩《せんぱい》に乗っかっただけですから！」

「それよりも玲奈、今日は本当に無理しないでよ。頑張るなとは言えないけど……限界が来たら、撮影のことなんて気にしないでちゃんと言ってね」

玲奈はこくりと頷《うなず》いた。

そして撮影が始まった。既に最初のシーンは僕と音羽によるカメリハが終わっているので、玲奈を入れたリハーサルからだ。

そこで僕は驚愕《きょうがく》させられることになる。

解熱剤を飲んでふらふらの状態で立っているはずの玲奈は、本番になってカメラが回ると、体の底から無理やり元気を引っ張り出してきたかのようにいつもと全く遜色《そんしょく》のない演技を見せたのだ。

そしてカットになると、はあはあと膝《ひざ》をついて喘《あえ》ぐ。

正直痛々しくて見ていられなかったけれど、こんな体調でも映像としては百パーセントのものを残してみせている玲奈のプロ意識は、もう畏敬《いけい》の念を払《はら》うしかない。

休憩《きゅうけい》中は車内に用意した簡易ベッドで眠《ねむ》り、回復した体でカメラの前に立ち、また消耗《しょうもう》した体をベッドで休める。そんな綱渡《つなわた》りのような撮影は、それでも何とか玲奈の最後のシーンまでたどり着いたのだった。

「玲奈さん、とんでもないですね……」

「うん。本当に、すごいよ」

僕と音羽は、思わずそんな言葉を漏《も》らしていた。

最後のシーンは、玲奈一人のシーンだ。島の旅行で明久とすれ違いを続けてしまい、完全にお互いの気持ちを誤解している中で、明久と離《はな》れ離《ばな》れにならなければいけないという現実を突《つ》きつけられたあかり。一人で孤《こ》独《どく》に悩《なや》み続けた結果、あかりは、自《じ》暴《ぼう》自《じ》棄《き》になって姿を晦《くら》ませるという決断をしてしまう。

物語後半で一番緊張《きんちょう》感の走る重要なシーンである。

音羽によるカメリハが終わり、玲奈が車から出てきた。そしてリハーサルを終え、本番へと入る。僕と音羽は、スタッフたちの横から、静かにその演技を見守っていた。

『もう……いい……』

夕方、西日が落ちていく中、あかりは一人佇《たたず》んでいた。

自分に言い聞かせるように静かに一言呟《つぶや》き、それからため息をつく。

『もう、いいや。もう、いい……！』


ここ数日でたくさんのことがありすぎて、あかりは、ちょっと変になっていた。頭を押《お》さえ、ぶんぶんと、その綺麗な髪《かみ》がぐしゃぐしゃになるほど首を振る。

その演技のキレは、あんなギリギリの体調でやっているとは思えないほどのもので。

あかりのぐちゃぐちゃになった心情、様々な感情が浮かんでは消えていく不安定なさまを、振る舞《ま》いだけで見事に表現していた。

あかりは立ち上がり、前へと進む。

ここを進めば、船の乗り場へと辿りつく。それはつまり荷物を持ち、この島を離れるということだ。あかりは後ろ髪《うしろがみ》をひかれる思いを抱《だ》きつつも、それを無理やり振り払うように、一歩を踏み出した。


『さよなら、明久君』

完璧《かんぺき》だった。もしかしたら玲奈の体調を知っているせいで少しばかり贔屓目《ひいきめ》で見てしまっていたのかもしれないけれど、たぶんそれを差し引いても素晴《すば》らしい演技だった。見ていた僕《ぼく》は心を揺さぶられていた。

「カット！　オッケー！」

だけど、森田監督のその声が上がった直後。

玲奈はふらふらと足をよろめかせ、そして、ばたりと地面に倒《たお》れた。


「玲奈っ！」


僕はその瞬間《しゅんかん》、誰よりも早く駆《か》け出していた。

玲奈のもとに駆け寄ると、ぐいと体を起こす。玲奈は虚《うつ》ろな目をしていた。手を触《ふ》れてみると、熱い。

「大丈夫？　歩ける？」

「ごめん……むりかも……」

「じゃあ、おぶっていくよ。車の方までは少しだから、我慢《がまん》して」

背中を差し出しても、玲奈は掴まろうとしなかった。

振り向いてみると、玲奈は、恥《は》ずかしそうにぽつりと呟いた。

「だっこ、して……」

「え？　あ、うん、いいけど……」

熱でやられてしまっているせいだろうか。玲奈はとんでもないことを要求してきた。その真意はわからなかったけれど、ぐったりしている玲奈を前に迷っている暇《ひま》もなく、僕は玲奈の体を両手でぐっと抱《かか》えた。

こんな非常時にもドキドキしてしまいそうになり、そんな感情を必死に抑《おさ》えながら玲奈を運び始める僕。そこに音羽もやってくる。

「えへへ……おひめさまだっこ……」

「ああもう、玲奈がおかしなスイッチ入っちゃったみたいで、変になってるよ……」

「天野先輩、音羽も手貸した方がいいですか？」

「ううん、大丈夫そう。玲奈、びっくりするくらい軽いんだ」

玲奈の体重をこうやって支えたのは、再会してからは初めてだ。

女の子を抱っこした経験なんて今を除けば昔の玲奈くらいしかないから何の比較《ひかく》もできないのだけど、それにしても軽い。女の子はみんなこんなに軽いんだろうか。

ともかく僕はそのまま車まで連れて行った。

腕《うで》に抱えていた玲奈を簡易ベッドの上に優《やさ》しく載《の》せてあげた。玲奈は苦しそうに顔を歪《ゆが》めていたが、やがて、消え入りそうなか細い声で何かを言い始めた。

「かい……と……」

「え？　何？」

僕は玲奈の言葉を聞き取るために顔の近くに耳を近づけた。だけどそうすると、次の瞬間、玲奈は予想外の行動をとったのだった。

「さむい……あったためて……」

玲奈はそう言うなり僕の背中に腕を回し、ぎゅっと引き寄せた。僕は、仰向《あおむ》けになって横たわっている玲奈の上に乗っかるような形になってしまう。慌《あわ》てて体を起こそうとしたけれど、玲奈は腕だけでなく、両足を絡《から》めてきた。僕は完全に抱きしめられてしまい、動けなくなってしまう。

「ちょ、ちょっと、玲奈っ？」

「……何やってるんですかお二人とも」

「花梨さん、助けてください！　あの、玲奈が離してくれなくて！」

玲奈はいつの間にか目を瞑《つぶ》り、寝てしまっていた。だけど体を離そうとしてもうまく抜《ぬ》けられない。僕は本気で戸惑っていたのだけど、花梨さんは冷めた目を向けてきた。

「すぐ車を出したいんですけど、もう面倒《めんどう》なので上から布団《ふとん》かけちゃっていいでしょうか」

「か、花梨さん！」

「宿まではすぐですので、すみませんが我慢してください」

そうして車が発進してしまう。僕は結局そのまま眠った玲奈に抱き着かれたままで、柔《やわ》らかい体の感触《かんしょく》がずっと直に伝わってきて、もう変な気分になってしまいそうだった。

（玲奈……）

今日の演技は、本当にすごかった。

こんなにも消耗しきってしまうまで、一切《いっさい》の弱音を吐《は》かず、完璧な仕事をやりきった。

役者として、心から尊敬できる様だった。今日、僕は、改めて玲奈に惚れてしまった。

そしてだからこそ、そんな女の子にこんなに長く密着されて、平気でいられるわけがない。

胸の鼓動《こどう》が高止まりしていた僕は、まだわずかに残っている理性で玲奈の背中にそっと手を添《そ》えて、心の中で呟いた。

（ほんと、よく頑張ったよ……玲奈……）

『初恋《はつこい》の季節』というドラマを最高の作品にするため、玲奈がここまでやってくれたのだ。

それを台無しにしないためにも、玲奈と交《か》わした約束を完全に果たすためにも、あとは僕がやりきらないといけない。僕は心の中でそう誓《ちか》っていた。

予定されていたロケの期間が終わると撮影《さつえい》スタッフはみんな帰ってしまったけれど、体調を崩《くず》した玲奈《れな》は長距離《ちょうきょり》移動をするわけにもいかず、宿舎を延泊《えんぱく》して療養《りょうよう》に努めることになった。

付き添いとして残ったのは僕と音羽《おとは》の二人だ。花梨《かりん》さんも残りたがっていたが、モデル撮影や雑誌のインタビュー、ＣＭ撮影やユーチューブ出演など、飛ばしてしまうことになる仕事の関係先への謝罪行脚《あんぎゃ》のために渋々《しぶしぶ》東京へと戻っていった。

そして一日目は僕と音羽で交互《こうご》に看病をしていたのだけど、僕と違ってマルチに活躍《かつやく》する音羽は夜になってマネージャーから仕事が入ったとの呼び出しを受けてしまい、二日目の朝に帰ることになってしまった。

そんなわけで、いつの間にか玲奈の看病をするのは僕一人になっていた。

朝、食事をとりたいというメッセージを貰《もら》った僕は、急いで用意して玲奈の部屋へと向かった。渡《わた》されていた合鍵《あいかぎ》を使って扉《とびら》を開け、中に入った。

パジャマ姿の玲奈は、僕が入ってきたのを見て体を起こした。

「体調はどう？」

「昨日よりはだいぶ良くなったわ。まだ微熱《びねつ》はあるけど……」

「良かった。顔色もだいぶ良くなってるね」

玲奈の横たわっているベッドの隣《となり》にある机に、食事を置く。宿の人が特別に用意してくれたお粥《かゆ》だ。

支配人がドラマ大好きな人らしくて、玲奈が体調を崩しているという話をしたら別メニューの食事を用意してくれることになったのだ。本当に頭が上がらない。

「一人で食べられる？」

「ええ、大丈夫よ」

玲奈はスプーンを持ち、ゆっくりとお粥を口に運んだ。玲奈が食べ終わるまで、僕は椅子に腰《こし》かけて花梨さんへの状況《じょうきょう》報告や有希《ゆき》さんとの仕事関連の連絡などをしていた。

十分ほどで食べ終えた玲奈が処方された薬を飲み、再び横になると、僕は空になった食器を持って部屋を出ようとした。だけどそこで後ろから玲奈に呼び止められた。

「あっ、待って海斗《かいと》！　少し聞きたいことがあるの」

「聞きたいこと？」

「う、うん……」

僕は一旦《いったん》食器を置き、玲奈の方を見た。

すると玲奈はどこか怯《おび》えたような表情を浮《う》かべていた。

「ど、どうしたの？」

「その……倒れちゃった日の記憶が混濁《こんだく》してて、よく思い出せないんだけど……私、もしかして、海斗に変なことしなかった？」

何を言いたいのかはすぐわかった。僕は思わずあのときの感触を思い出してしまい、顔を赤くしたまま黙《だま》り込んでしまう。

その反応を見た玲奈は、焦《あせ》ったように声を上ずらせた。

「や、やっぱりっ？　じゃあ、私、本当にあんなこと……」

「ああ、うん……」

「い、一応聞くけど……わ、私、海斗にお姫様抱《ひめさまだ》っこしてとか言った？　あと、抱きついたりした？」

僕が首を縦に振ると、玲奈は顔を真っ赤にして掛《か》け布団《ぶとん》に顔をうずめてしまった。耳まで真っ赤になっている。

「ご、ごめん海斗……本当に、あのときは何かおかしくなってて……本当に、普段《ふだん》から海斗にああいうことしてほしいって思ってるとかそういうのじゃないから！」

「わかってるよ！　そんなこと思ってないから、安心して！」

「だから……その、あれは忘れてくれると嬉《うれ》しいわ……」

玲奈はちょっぴり顔を上げ、恐《おそ》る恐るといった感じでこちらに目を向けた。

僕はというと、あのときのことを思い出して思わずドキドキしてしまっていた。お姫様抱っこしてと甘《あま》えてきて、ぎゅっと密着してきて……普段の玲奈ならまず考えられないようなことだった。

正直、あんなの忘れられるはずがない。

だけどそんなことを正直に言ったらどんな反応が返ってくるかわからないし、僕は何とかごまかしの言葉を口にした。

「だ、大丈夫！　全然、何とも思わなかったから！」

すると玲奈は少しだけ表情を曇《くも》らせたのだけど、僕はそれに気づかないまま次の言葉を口にしていた。

「むしろあの日、僕、玲奈のこと今まで以上に尊敬しちゃったよ。作品のためにあれだけ体を張って、限界まで体が弱り切ってるのにいつもと遜色ない完璧な演技するんだからさ」

「海斗……」

「玲奈のこと本当にすごいなって、心から思ったよ」

「わ、私だって！　海斗が私のために花梨さんと掛け合ってくれて、色々手を尽くしてくれて、私を現場に立たせてくれたの……すごく嬉しかったし、私、海斗のこと今まで以上に……」

玲奈はそこで言葉を止めてしまったが、代わりに熱っぽい視線を送ってきた。僕はドキリとする。視線の意味はわからなかったけど、少なくとも、僕の心をかき乱す力があった。

僕たちはいつの間にか、無言で見つめ合っていたけど――

先に耐《た》え切れなくなったのは僕の方だった。

「そ、それじゃあ、僕は行くから！　またお昼の時間になったら来るけど、何か必要なことがあったら連絡《れんらく》してね！」

「う、うん！　ありがとう海斗！」

そうして玲奈の部屋をあとにして廊下《ろうか》へと出た僕は、胸に手を当てていた。

（なんだろう、これ……）

ただ二人で話していただけなのに、心臓がずっとバクバクしていた。顔も火照《ほて》っている。

手を触れてみたら、とても熱かった。その熱はなかなか冷めることがなかった。

「すみません、大変ご迷惑《めいわく》をおかけしました！　完治しましたので、今日からまた頑張らせていただきます！」

深々と頭を下げる玲奈。スタッフからは拍手《はくしゅ》が起きる。

＊

結局玲奈は倒れてから三日で体調を回復させた。僕と二人で離島《りとう》から東京まで戻ってきて、その次の日から撮影が再開することになった。

玲奈が倒れたことで様々なスケジュールの再調整が必要になり、スタッフたちはてんてこまいだったそうだけど、玲奈を責める声はなかった。スタジオや近場のロケ撮影ならば融通《ゆうずう》を利《き》かせることはできるため、島での撮影を飛ばすより遥《はる》かに良いのだ。だから島の方の撮影を最後までやりきった玲奈のプロ意識を称賛《しょうさん》する声が多かったと聞いている。

復帰した玲奈は病《や》み上がりとは思えないほどのパフォーマンスを発揮し、午前中の撮影はつつがなく終了《しゅうりょう》した。そして昼休みになったところで、僕と玲奈は二人揃《そろ》って森田監督に呼び出されていた。

「端的《たんてき》に言う。スケジュールがやばい」

開口一番森田監督がそんなことを言ったから、僕と玲奈の表情は凍《こお》り付いた。

　玲奈は申し訳なさそうに頭を深々と下げる。

「す、すみません！　全て私のせいです」

「あ、いや違うんだ。水沢《みずさわ》を責めるために呼んだわけじゃない。むしろ水沢には感謝してるよ、あそこでギブアップされてたら台本をまるまる作り直すはめになってたからな」

　森田監督は慌てたようにそう言ったあと、再び表情を硬《かた》くした。

「だが昨日一昨日で改めてスケジュールを組みなおした結果、非常によろしくない結果になってしまったんだ。場所が押さえられないトラブルとかもあって、用意してた予備日がほとんどなくなっちまった」

「なるほど……」

「本来、俺《おれ》は撮影で妥協《だきょう》をしたくない人間なんだ。全てのシーンについて、満足いく出来になるまでNGを出し続ける。最初の頃《ころ》は天野《あまの》にもひたすらNGを出しまくっただろ。だが放送できないというのは最悪の事態だからな、それは絶対に避《さ》けなければいけない」

　森田監督は渋面《じゅうめん》を浮かべる。こだわりの強い人だから、自分の中でも納得《なっとく》できていないんだろう。その言い方は自分に言い聞かせるようだった。

「だから、これからは基準が多少甘くなる。お前らが多少温《ぬる》い演技をしようが、目を瞑れる範囲ならそのまま使うかもしれない」

「じゃあもしかして今日も、本当ならNGの演技があったということですか？」

「そ、そんな……」

「いや、今のところは大丈夫だ。今までの基準でも問題はない」

ということは、今日呼び出したのは単に今後の警告ということだろうか。そう思った僕だけど、結果的にはこの話はまだ本題ではなかった。

森田監督は一度咳《せき》ばらいをして、それから僕の方に視線を向けてきた。

「まあ、それはそれとして、天野。お前にはちょっと前に宿題を出してたよな」

「最終話の演技ですよね」

「ああ。ドラマの視聴率《しちょうりつ》という意味では大事なのは最初の三話だが、満足度という意味では俺はぶっちぎりで最終話が大事だと考えている。で、最終話の完成度はお前がどこまでクオリティを上げられるかに懸《か》かってると言ってもいい」

直接的な言葉に、僕は思わずごくりと唾《つば》を呑《の》む。

「だからこそ撮《と》り直《なお》しができるようにスケジュールに少し余裕《よゆう》を持たせてたんだ。そこで試行錯誤《しこうさくご》してパフォーマンスを上げていく機会を与《あた》えればお前なら仕上げられると思ってたんだが、残念なことにその余裕がなくなった」

「ということは……僕は一発で満点回答を出さなくてはいけない、ということですね」

「話が早くて助かる。一週間後、お前単独のシーンの撮影があるんだが、その段階で百パーセントまで仕上げてもらわないといけなくなった」

「一週間後、百パーセント……」

「だがさすがに一発勝負は俺も怖《こわ》い。だから一回、俺の前で演技を見せてほしい。今日いきなりというのもなんだから、三日後くらいにするか。撮影終わりにお前は居残ってくれ」

「わかりました。それまでに準備しておきます」

「おう。頼《たの》んだぞ」

話が終わると僕と玲奈は二人で部屋を出た。

僕の表情が曇っているのを見て玲奈は心配そうに尋《たず》ねてきた。

「海斗、どうなの？　大丈夫そう？」

「うーん……」

正直なところ、ここで弱音を吐きたくはなかった。玲奈に責任を感じさせてしまうのは嫌《いや》だったからだ。だけどここで嘘《うそ》を言うわけにもいかない。

「あんまり自信はない、かも」

だから僕は諦《あきら》めてそう口にした。

その言葉に玲奈の表情が歪む。

「玲奈も台本には目を通してるよね？　最終話は、明久《あきひさ》があかりのことを諦めかけるけど、色々な理性の箍《たが》をぶち破って感情を爆発《ばくはつ》させるんだ。そしてあかりの居場所を捜しまわって、ついにあかりへと突撃《とつげき》する。そこで僕に求められてるのは純粋《じゅんすい》な感情演技なんだ」

「そうね。確かに、そうなるわね」

「一応、自分なりに準備はしてきたんだ。自分の経験してきた感情をじっくりと時間をかけて掘《ほ》り下げてきた。だけど、それを演技に乗せるのがまだいまいち掴《つか》み切れてなくて」

森田監督《かんとく》には、宿題を出されたときに大口を叩《たた》いてしまった。だからこそ出来ませんでしたとは言えない。でも感情演技というのは思った以上に難しかった。僕のようなタイプの役者には、ハードルが高かった。

この一週間をかけて、僕は玲奈と再会するまでの八年間をゆっくりゆっくり思い出していた。画面越《ご》しに玲奈の姿を見るたびに、会いたいと心の中で思っていた。あのもどかしさや焦燥《しょうそう》感、何よりも会いたいのに会えないという感情は、今も僕の中に新鮮《しんせん》なまま残っている。その感情を引っ張り出し、掘り下げ、自分の中で燃え上がらせるのは難しくなかった。

だけどそれを演技に乗せるというのは、難しかった。

どうしても、今までの自分の演技のスタイルが癖《くせ》として染《し》みついている。演技をするとき僕は一歩引いた俯瞰《ふかん》の目を持っている。たくさんのことに気を配り、素早《すばや》く計算を巡《めぐ》らせて演技を構築していく。もはや無意識でそんなことをやってしまうから、そこに燃え上がった感情を流《なが》し込《こ》むのがうまくできなかった。

「まあとにかく三日間、死ぬ気で頑張ってみるよ」

僕は何とか笑顔《えがお》を作ってそう言ったけど、玲奈はそれで会話を終わらせてくれない。

ぐっと身を乗り出し、目で訴《うった》えかけてくる。

「私にも何か手伝わせて」

「え？　いいの？」

「もちろんよ。私たち、最高の作品を作るために協力するって約束したんだから。それにこうなったのは私のせいでもあるし」

「手伝ってくれるならすごくありがたいよ。正直ちょっと詰《つ》まってて、自分以外の人から意見もらいたいと思ってたんだ」

「じゃあ……どうするのがいいかしら？　海斗は私に何をしてほしい？」

玲奈の問いかけに僕は少し考える。

「そうだなあ、できるなら演技を全部見てほしい。それで改善点を一緒に探してほしいんだけど……でも、ちょっと厳しいよね。ただでさえ朝から晩までスケジュール詰まってる上に、玲奈は撮影の他の仕事も並行《へいこう》してこなすんだよね？」

「ええ、そうね。だから朝から晩までなかなか時間は合わないわね……」

僕たちは頭を悩ませた。

玲奈はもともとマルチに活躍するタレントであり、様々なことをやっている。十一話で島から姿を晦ませて以降、あかりの出番は減るので、ドラマ撮影のためセーブしていた諸々《もろもろ》の仕事がここぞとばかりに詰められていたのだった。

しかも体調不良で寝込《ねこ》んでいたせいでその間の仕事も追加されている。

これからは現場で会う時間も短くなるし、二人とも朝から晩まで仕事があるせいで一緒に練習するタイミングがない。

「ビデオ通話繋《つな》いでリモートで演技を見てもらうって感じになるのかな……」

「海斗がそれでいいなら私は全然付き合うけど、大丈夫？」

「うーん、あのシーンは台詞《せりふ》というよりも動きだからなあ。本当は目の前で見てほしいんだけど、会えないなら仕方ないし……」

そんなことを話している間に、僕たちは楽屋まで帰ってきた。扉を開けて中に入ると音羽が差し入れのお弁当を食べて待っていた。

「おつかれさまです！　ってあれ、二人ともなんだか顔色暗いですよ？」

「いやまあ、ちょっと困ってて……」

僕は音羽にも事情を話すことにした。今までの経緯《いきさつ》を話すと、音羽は難しい顔を浮かべた。

「なるほど。それで玲奈さんと一緒に練習したいけど、タイミングがとれないと」

「そうなんだ」

「単純に会って練習をする時間を確保したいというなら、一つ案はありますけどね」

「案？　何か思いついたの？」

「はい。合宿をするというのはどうですか？」

「合宿？」

意外な単語に思わず聞き返すと、音羽は首肯《しゅこう》した。

「今のスケジュールだと天野先輩がメインで練習するのは、朝現場に出るまでの時間と夜帰ってからの時間ですよね。そしたら、その時間玲奈さんが練習に付き合えるようにするためには合宿しかありません！」

僕と玲奈は思わず顔を見合わせて目をぱちくりさせた。確かにそれは良い解決策だったけど、同時にだいぶ危険なことでもある。

「さ、さすがにまずいんじゃないかしら……もし週刊誌にでも撮られたら、あらぬ誤解を受けちゃうわ」

「う、うん……一緒に練習してましたって言っても通じないよ」

「それなら！　音羽も行くというのはどうでしょう？　そうしたらスキャンダルとかそういう問題もなくなるはずです」

「確かにそれはそうかも。それに音羽も練習に付き合ってくれるなら僕としては大助かりだけど……玲奈も音羽も本当に大丈夫《だいじょうぶ》？　その、僕のことにそこまで負担かけるのはさすがに申し訳ないというか」

しかしそうすると信じられないとばかりに二人から白い目を向けられた。

「さっきも言ったじゃない。合宿して練習に付き合うのが最善なら、喜んで付き合うわ」

「音羽も協力します！　玲奈さんと違《ちが》って役に立たないかもしれませんけど……でも先輩にはクランクインの前に演技を見てもらったし他にもたくさんお世話になってますから」

「玲奈、音羽、ありがとう。それなら三日間付き合ってくれないかな。もちろん、無理のない範囲で大丈夫だから」

「うん、頑張りましょう」

「燃えてきましたねー！」

そうして僕たちは、合宿を開くことになったのだった。

＊

「ここが私の部屋よ。どうぞ、あがってちょうだい」

その日の午後十時、撮影を終えた僕たち三人は玲奈の部屋へとやってきていた。

僕の演技の練習のため合宿を開くことはそれぞれのマネージャーに報告済みだ。有希さんは三日分の着替《きが》えを調達してくれたほか、玲奈の住むマンションまで三人まとめて車で送ってくれた。

「うわーっ、玲奈さんの部屋、すっごいですねっ！」

「そっか、音羽は初めてだっけ」

「はいっ！」

「あとでぐるっと一周案内してあげるわ」

「わーい、玲奈さんのルームツアー楽しみです！」

そんな話をしながらリビングルームへとやってきた僕たちは、ソファーに腰かけて各々《おのおの》台本を開いた。玲奈の家のソファーはL字型なので長い方に玲奈と音羽、短い方に僕が座《すわ》り、すぐに準備が整う。

玲奈も音羽も一瞬《いっしゅん》で表情を変え、仕事モードへと入っていた。手伝ってくれる二人がそんな感じだから、いやが上にも気合いが入った。

「えっと、どんな感じに進めたらいいかな？」

「まずは海斗の演技を見せてちょうだい。そうじゃないと、私たちもフィードバックできないし」

「うん、そうだね。そうしようか」

僕は台本を置いて立ち上がり、ふうと深呼吸した。玲奈と音羽の二人にじっと見られていると何だか緊張してしまう。目を瞑り、掘り下げていた感情を引っ張り出し、そして始める。

この演技は、『初恋の季節』の集大成だ。

本番だと思って、何台ものカメラが向けられていると思って、演技を繰《く》り広げた。

数十秒ほど本気で演技をした僕は、終えたあとには息を切らしていた。膝に手を置いて呼吸を整えたあと、僕は二人に尋ねた。

「どうかな……？」

そう聞いたとき、かなり手ごたえはあった。だけど二人の反応は期待していたものとは違った。目を泳がせ、困ったようにお互《たが》い目を見合わせている。

「えっと、うーん……」

「玲奈さん、どうでしたか……？」

その反応でだいたい察してしまった僕は、がっくりと肩《かた》を落とす。

「だめだった、みたいだね」

「そうね……何というか、ぎこちない感じがしたわ。海斗らしくないというか、いつもみたいな上手な演技ではないし、それでいて感情が綺麗《きれい》に乗っているようにも感じられなかったわ」

「そうですね、音羽が言うのはおこがましいかもしれませんが……ちぐはぐな感じでした」

「うっ……手厳しいね」

二人の容赦《ようしゃ》ないダメ出しに精神的にダメージを受ける僕。二人もプロだから、仲が良いからといって遠慮《えんりょ》することはない。でも、だからこそ僕としても大いに参考になる。

やはり僕が何となく抱いていた懸念《けねん》は正しかったみたいだ。僕は、演技に感情を乗せるのが得意ではないのだ。乗せるべき感情は用意できていても、それを乗せるためのスキルが絶望的に足りていない。

「海斗、今の演技はどういうふうに組み立てたの？」

僕は一度ソファーに腰を下ろしてから、玲奈の質問に答える。

「今回は純粋な感情演技、それも爆発するようなものすごく強い感情を乗せなきゃいけないから、いつもとは全然違うやり方で演技を組み立てることにしたんだ。具体的には自分の過去に体験した感情を掘り下げて燃え上がらせて、それを役柄《やくがら》に乗せて演じてみた」

「なるほど。ちなみにどういう感情を掘り下げたんですか？」

「えっとそれは……」

僕は一瞬口ごもってしまった。それから躊躇《ためら》いがちに口を開く。

「玲奈と再会するまでの八年間の感情、だよ」

「えっ？　わ、私？」

「うん。明久が抱えている感情は、会うことのできない大切な人にどうしても会いたいっていう強い思いのはずなんだ。それで僕が今までの人生の中で経験したそういう感情を思い起こしてみたら、やっぱり玲奈のことだなって」

物理的な距離《きょり》も、役者としての立場も、途方《とほう》に暮れるくらい遠かった。あの頃の玲奈は、会うことのできない大切な人だった。そして僕は、会いたいとずっと思い続けていた。まさに明久の感情とぴったり重なる。

僕が言い終わると、玲奈の顔は真っ赤になっていた。

「そ、そうなんだ……私のことを……」

「天野先輩《せんぱい》、堂々と結構恥ずかしいこと言いますねー」

「だって演技のアドバイスもらうのに嘘つくわけにはいかないし」

そうは言ったけど、二人の反応を見ていると僕も恥ずかしくなってきてしまった。

玲奈はそこで真剣《しんけん》な表情へと戻《もど》り、あごに手を置いて考える仕草をした。

「アドバイスするのもなかなか難しいわね……私の場合、いわゆるメソッド演技みたいな自分の感情を引っ張り出して役に乗せるっていう手法はとってないの。そうじゃなくて自分に役柄を乗り移らせて演技するっていう感じで、何というか、プライベートの私とは完全に切り離《はな》されてるというか……」

「そうだよね。玲奈はやっぱり天才肌《てんさいはだ》だからなあ……」

「でも、一つ思ったことはあるわ。海斗、理屈《りくつ》っぽく考えすぎなんだと思う」

「どういうこと？」

僕が尋ねると、玲奈は言葉を選ぶようにゆっくりと話し出す。

「たぶん海斗、どうやって感情を乗せた演技をするかを分析的《ぶんせきてき》に考えてないかしら？　演技をするときも、ここで感情を思い起こしてここで演技に乗せてって、メタ的に自分をコントロールしようとしているんじゃない？」

「ああ、うん。そうかも」

「そういう計算を凝《こ》らした演技は海斗の良さだと思うけど、このシーンには合ってないかもしれないわ。ここではあれこれ気を遣《つか》う必要もなくて、ただ感情だけをぶつければいいんだもの。他のすべてをシャットアウトして、感情を剥《む》き出しにすることに注力するべきなんじゃないかしら。もっと野性的に」

「玲奈さん、言語化能力すごいですね……！　音羽も今の話に同意です。さっきの天野先輩の演技、感情が見えにくかったのはそういうことだと思います」

「なるほど……」

玲奈の説明は、確かに腑《ふ》に落ちるものだった。それでいて僕《ぼく》にとって盲点《もうてん》だった。

今までとは全く違う演技の組み立て方をすると方針を立てておきながら、結局今までの発想や考え方から抜け出せていなかったのかもしれない。

「ありがとう！　うん、やるべきことがわかった。演技として形にするには少し時間がかかるかもしれないけど、この三日間でいっぱい練習してみるよ」

「参考になったなら何よりだわ」

「三十分くらい、待ってくれないかな。まずは自分一人でイメージを固めたいんだ。それが終わったら演技を見てほしい」

「いいわよ。じゃあ音羽ちゃん、部屋案内してあげるわ。そのあとお風呂《ふろ》行きましょう」

「やったー、行きます！」

玲奈と音羽が出て行ってから、僕はリビングルームで一人演技を練り直していた。

玲奈のアドバイスは言われてみればその通りで、感情を乗せた演技を練習してきたつもりの僕だったけど結局いつもの癖に囚《とら》われていたらしい。もっと極端《きょくたん》に自分の演技を作り変えなければだめだ。

ただ感情を剥き出しにするような、野性的な演技。玲奈に言われた言葉を思い出し、僕は何度も試行錯誤を繰り返した。頭を空っぽにして、そこに必要な感情だけを引っ張り出していくような感覚。しばらくして僕は少しずつコツを掴んでいった。

（うん……確かに、このことを意識するだけで全然演技が変わる！）

自分一人でやっていたのでは、気づけなかった。

まだ初日だけど、合宿という機会を設けてもらって本当に良かったと僕は心底思っていた。これを三日もやれば、きっとベストな演技に辿《たど》り着くことができる。僕はそう確信していた。

そして僕がとりあえず納得のいくところまで演技を練り直せたタイミングで、ちょうど玲奈と音羽がリビングルームへ戻ってきた。

「幸せでした……玲奈さんとお風呂……背中洗いっこしちゃいました……！」

音羽は、恍惚《こうこつ》の笑《え》みを浮かべていた。

「音羽、嬉しそうだね」

「嬉しいに決まってるじゃないですかっ！　ルームツアーも玲奈さんの暮らしてる場所が見られて最高でした！　あとお風呂場《ふろば》の石鹸《せっけん》とかシャンプーがすっごく良くて、音羽も同じもの買うことにしました！」

「へー、そうなんだ」

「ほら、今日の音羽は良い匂《にお》いしませんか？」

「ほんとだ。甘い香りがするね」

だけど僕がそう言うと、音羽はそこではっとしたように頭を手で叩いた。

「って、音羽じゃ意味ないんですよ！　ほら玲奈さん、こっち来てください！」

「え？　な、何っ？」

そして音羽は後ろに立っていた玲奈をぐいと引っ張り、僕の前に押《お》し出してくる。

「どうですか天野先輩？　お風呂上がりの玲奈さんは」

「え……？　そ、そう言われても……」

パジャマ姿で肩にバスタオルをかけ、体を火照らせている。甘くて良い香りがいつもより強く漂《ただよ》ってきた。泊《と》まりでロケに行ったときもお風呂上がりの姿を見る機会はなかった

ので、新鮮でいつも以上に可愛《かわい》く見えた。

玲奈は突然《とつぜん》前に出されて恥《は》じらっているのか、顔を真っ赤にしている。

僕は何て答えればいいのかわからず、思ったことをそのまま口にしてしまっていた。

「え、えっと、すっごく可愛いとしか……」

「か、海斗っ？」

「きゃー！　良かったですね玲奈さん！」

「お、音羽ちゃん！　変なこと言わないの！」

玲奈は真っ赤な顔で音羽の頬《ほお》を軽く引っ張る。お仕置き……というかじゃれついているようにしか見えなかったけど、音羽はわざとらしい悲鳴を出していた。玲奈は音羽の頬から手を離すと、ぱんと手を叩き、無理やり話を変えようとする。

「そ、それよりも続きやりましょう！　海斗、どう？　イメージは掴めた？」

「あっうん。また演技見てもらってもいいかな？」

「もちろんよ。じゃあ私たちは座りましょう」

「了解《りょうかい》です！」

玲奈と音羽が並んで座り、僕は再び演技を披露《ひろう》する。

今度はかなりの手ごたえがあった。

今までの僕がやっていたような演技とは全然違うけど、すごく良い感じで感情が乗る。だけど――玲奈と音羽の反応はまたもや微妙《びみょう》なものだった。

「うーん……確かに、さっきよりは良くなったと思う、けど……」

「まだ、感情が入ってるようには見えないですね……」

「そっか……」

「た、たぶん方針は間違《まちが》ってないと思うわ！　実際さっきよりは求めている感情演技に近づいてると思うし！　だからこの調子で三日後まで磨《みが》いていくのがいいと思うわよ！」

それから玲奈と音羽のフィードバックを受けつつ、演技を修正し、またダメ出しを受ける。そんなことを繰り返しやっているうちにもう深夜の一時になっていた。時計を見た玲奈は、ぽんと手を叩いた。

「今日はここでお開きにしましょう。一日目から睡眠《すいみん》時間削《けず》るのもよくないし、撮影に響《ひび》いちゃうわ」

「そうだね。ありがとう、二人とも」

「じゃあ海斗はお風呂に入って。寝支度《ねじたく》をしましょう」

「うん、了解」

時間が時間だし、二人を待たせるのも申し訳ない。僕はお風呂場に向かうとぱっとシャワーだけですませ、歯磨《はみが》きをしてから二人のいるリビングルームへと戻ってきた。

「お待たせ」

「あれ、早いですね天野先輩」

「じゃあ寝《ね》ましょう。うちにある寝具《しんぐ》は私のベッドとここに持ってきた一組の布団《ふとん》なんだけど……どうするのがいいかしら？」

「僕が布団で寝るよ。二人はベッドを使って」

「そうね、そうしましょうか。でもこんな布団で、海斗には申し訳ないわね……」

「ううん、大丈夫。これも結構上質そうだし」

「じゃあ私たちは行きましょう」

「わーい、玲奈さんと一緒《いっしょ》のベッドですー！」

玲奈と音羽は寝室《しんしつ》へと消えていった。一人残された僕は、明日に備えるためすぐにリビングルームの電気を消し、布団に横になった。

（頑張《がんば》らないとな……あと三日で、何とか完成させないと……）

玲奈も音羽も快く協力を申し出てくれた。二人の心意気に応えるためにも、玲奈と一緒に最高の作品を作るという約束、僕の目標を果たすためにも、本当に最後の一頑張《ひとがんば》りだ。

これで燃《も》え尽《つ》きてもいいから、悔《く》いを残さないように走り抜《ぬ》けよう。

僕はそう心に決めたのだった。

＊

それから、僕たちの合宿は続いた。

みんなで朝ご飯を食べたり、深夜まで熱い議論を交《か》わしたりと、楽しく充実《じゅうじつ》した時間だった。僕の演技もどんどん良くなっているのが自分でもわかった。現場でも空いている時間は玲奈や音羽のフィードバックを参考にした練習時間にあてて、寝ても覚めてもたった一つのシーンの演技を考え続けるという感じだった。

そして迎《むか》えた最終日の夜、僕と音羽は撮影《さつえい》を終えて現場から解放された。僕は音羽の楽屋に行っていた。

「音羽、準備できてる？　もう有希さんは車の準備できたって」

「あっ天野先輩。すみません、急なんですが今日はちょっと音羽行けなそうです」

「あれ、そうなの？」

「この前納品したタイアップ楽曲で、ちょっと修正箇所《かしょ》が出てきちゃいまして。これから家で作業です……ううっ、今日も玲奈さんの家に行けると思ってたのに！」

「そうなんだ。本当、忙《いそが》しい中今まで付き合ってくれてありがとね」

「いえいえー！　音羽も楽しかったですし！」

そう言った音羽は、内緒話《ないしょばなし》をするように小さな声で囁《ささや》いてきた。

「でも、今日は音羽がいないのでチャンスですよ天野先輩」

「チャンス？　何が？」

「玲奈さんと同じベッドで寝るチャンスに決まってるじゃないですか！」

「ええっ？　いやいや、そんなこと全く狙《ねら》ってないって」

「あれそうなんですか？　正直、天野先輩に恨《うら》まれてるんじゃないかなーって思ってたんですよ！　音羽が玲奈さんの隣《となり》を奪《うば》っちゃってましたから」

「そんなこと本当に露《つゆ》ほども思ってなかったよ！」

僕は思わず大きめの声でそう言ってしまっていたけれど、すると音羽はじっと僕の方を見て、ちょっぴり唇《くちびる》を尖《とが》らせた。

「でも玲奈さん言ってましたよ、天野先輩と同じベッドで寝たいって」

「えっ……玲奈が？」

「はい！　なので、天野先輩が嫌じゃなければ提案してみたらどうでしょう？　玲奈さん、喜ぶと思いますよ！」

「いやいや……」

いくら幼馴染《おさななじみ》でも、付き合ってもいない男女で同じベッドで寝るなんてありえない。

よく考えれば水沢旅館に泊まったときは似たようなことになった気もするけど、それでも別々の布団で間もしっかりと離した。しかもあのときは手違《てちが》いで僕の泊まる部屋がなかったという理由があった。

だけど——音羽が口にした玲奈の発言は、僕を少なからずドキドキさせていた。

(玲奈が……？　ほんとに……？)

離島ロケのときから、僕は事あるごとに考えてしまっていたのだ。

玲奈は、僕のことをどう思っているのだろうと。

結局、僕は動揺《どうよう》を抱《かか》えたまま玲奈の部屋に向かうことになってしまった。


「あれ、音羽ちゃんは？」

僕が一人でやってきたのを見た玲奈は、不思議そうに首を傾《かし》げた。

「タイアップ楽曲のリテイクが入ったから今日家に帰ってから作業しなきゃいけないんだって。だから今日は来られないって言ってたよ」

「そうなのね……それは残念ね」

玲奈は本当に残念そうな顔を浮《う》かべていた。

「ま、気を取り直してやっていきましょう。今日は総仕上げだもんね。私も張り切って海斗の演技見るわ！」

「うん、ありがとう！」

玲奈が完全に役者モードだったので、僕も余計なことを考えずに演技へと意識を集中させることができた。僕たちは今までと同じようにリビングルームのソファーに座り、台本を開いた。

そして少しの間議論をしたあと、僕は立ち上がって玲奈の前で演技を披露した。

玲奈は真剣な顔で見ていたが、僕の演技が終わると、ぱんと手を叩いた。

「良くなってると思うわ！」

「ほ、本当？」

「本当よ！　初日に比べて、ものすごく感情が見えやすい演技になってると思う！」

玲奈がそう言ってくれるということは、間違いなく僕の演技は良い方向に進んでいる。

僕は思わずぐっと拳《こぶし》を握《にぎ》っていたけれど、それからすぐに玲奈に尋ねていた。

「改善点はあった？」

「そうね、少し気になるところはあったわ。ここの部分なんだけど……」

「なるほど！　確かにそれは修正した方がよさそうだね」

そうして自分の中で演技を組み立て直し、また演技をする。玲奈にフィードバックを貰《もら》い、時に議論を重ねていく中で、僕は演技に自前の感情を乗せるという新しい技術をものすごいスピードで習得しつつあった。

玲奈と音羽のおかげだ。没入《ぼつにゅう》型で天才的な演技センスを持つ玲奈と、計算型でシンガーソングライターとしての言葉への高い感度を持つ音羽、二人からの角度の違うアドバイスを吸収して演技へと昇華《しょうか》していったことで、この二日間、僕は自分一人では決して進めない速さで進めていた。

そして深夜一時を回った頃。

僕が披露した演技に、玲奈はついに満点評価をくれたのだった。

「うんっ！　今の演技、今の演技よ！」

「うまくいったかな……？」

「すっごく感情が伝わってきて、完璧《かんぺき》な演技だったと思う！　うん、今の演技には、何の改善点もないわ！」

そんな手放しの称賛《しょうさん》に、僕は安堵《あんど》感《かん》から小さく嘆息《たんそく》していた。

実際、自分でもかなりの手ごたえがあった。玲奈と会えなかった八年間、ずっと会いたいと思っていた僕の感情。その感情を自分の中で昂《たかぶ》らせることで、演技の推進力になる。感情が演技を生み出すという、そんな感覚。

これが、感情を乗せた演技の真髄《しんずい》なのかもしれない。今思えば最初の頃はただ感情を思い起こしながら台詞を喋《しゃべ》っているだけだった。だけどさっきの演技はむしろ、感情によって自然と台詞が押し出されていた。

「ありがとう、玲奈」

「あっ……う、うん」

「あれ、どうしたの？　顔赤いよ？」

「そ、それは……海斗の演技見てたら、ドキドキしちゃって」

「え？　どうして？」

よくわからなかったけれど、すると玲奈は両手をばたばた動かす。

「だってだって！　海斗が、私と会いたいっていう気持ちを剥き出しにしてるんだもん！」

「え、あ、そうだね」

「今の海斗の演技からは、本当にその感情がよく伝わってきて……海斗、八年間こんなふうに思っててくれたんだなって、改めてわかって……」

「言われてみれば……それを玲奈の前で延々やってるって、僕、だいぶ恥ずかしいことしちゃってたかも」

別にやましいことがあるわけではない。演技の練習を玲奈に付き合ってもらっているだけで、八年間玲奈に会えなかったときの感情は、明久の感情に重なる自分自身の経験として引っ張り出しているだけだ。

でも、玲奈の前で、八年間ずっと会いたかったんだという感情をぶつけるのは、意識してしまうとずいぶん照れくさい行為《こうい》に違いなかった。

「でも、海斗の演技見てそんな気持ちになったのも、今日の途中《とちゅう》からかも。だからその意味でも、海斗の感情演技が完成されたってことだと思う！」

玲奈は顔を赤らめたまま、相好を崩《くず》してそう言ってくれた。

そして演技練習はお開きとなり、僕たちは順番にお風呂に入り寝支度を整えた。そして寝るタイミングになって、僕は勇気を出して玲奈へと尋ねていた。

「えっと……玲奈」

「どうしたの？」

「今日は、一緒に寝ない？」

「え？」

玲奈はぱちくりと瞬《まばた》きした。

何を言われているのかよくわからない、とばかりのぽかんとした表情だった。

だけど少しして、玲奈は、目を見開いて口を両手で押さえた。

「……えええっ？」

そして、悲鳴にも近い大きな声を出す。

「か、海斗、ど、どういうこと……？　ま、まさか、同じベッドで寝るってこと……？」

そんな異常な反応に、僕は瞬時《しゅんじ》に音羽の言葉が冗談《じょうだん》だったことを悟《さと》る。少しでも音羽とそんな話をしていればこんな取り乱し方はしないはずだ。

同時に僕は強烈《きょうれつ》な後悔《こうかい》に襲《おそ》われていた。いったい、何てことを言ってしまったんだろう。ここ最近、僕は本当にどうかしてしまっている。下手すれば玲奈との関係を一発でぶち壊《こわ》しかねない言葉だった。

もう取り返しはつかないけれど、僕は急いで頭を下げていた。

「本当にごめんっ！　違うんだよ、その、また音羽にからかわれたみたいで」

「お、音羽ちゃん？」

「その……玲奈が一緒に寝たいって言ってたって、ここに来る前に音羽に言われて」

「な、なるほど、そういうことだったのね……もう、音羽ちゃん、応援《おうえん》するって言ってもちょっとやりすぎよ……」

玲奈は何やら小声で呟《つぶや》いていたけれど、それを聞けるほど僕は落ち着いていなかった。

とにかく僕は慌《あわ》てて口を開いていた。

「ごめん、玲奈。今の話は、なかったことにして。じゃあ僕はここで寝るから……」

「ま、待って海斗！」

だけど、そうするとぐっと袖《そで》を掴《つか》まれた。

見ると、玲奈は落ち着かない様子のまま、僕の方を見つめていた。

「別に私、嫌とは言ってないけど……」

「えっ？」

「だ、だから！　海斗が私と一緒に寝たいっていうなら、私は構わないわ……ほら、昨日までは音羽ちゃんが隣にいてベッドに入ってからも色々お喋りしてたから、一人も寂《さび》しいっていうか、その……」

予想外の反応に、僕は面食らう。玲奈は恥ずかしさを隠《かく》せないとばかりに視線を逸《そ》らしたけど、僕の袖は掴んだままだった。

（ど、どうすればいいの……？）

勢い余ってとんでもない提案をしてしまったのは自分のはずなのに、いざこうなってみるとどうすればいいのかわからなかった。玲奈と一緒のベッドで寝る？　玲奈は何でオッケーしてくれてるの？

男として意識されておらず、幼馴染としてしか見られてないだけかもしれないけど、それにしては異常な恥《は》ずかしがり方だ。玲奈の気持ちがわからず、僕はただただ動揺していた。

「ほ、本当にいいの？」

「う、うん……」

お互い、連日の仕事と合宿で疲《つか》れていたのかもしれない。夜の二時前、僕たちは気づけばベッドで隣同士《となりどうし》に横になっていた。

玲奈のベッドに入るのは初めてだ。女の子のベッドに入るのも、初めてだ。

小さめのダブルベッドくらいのサイズがあったおかげで、何とか僕たちは体を触《ふ》れ合うことなく横になることができていた。だけどこんな状況《じょうきょう》、ドキドキしないわけがない。ちょっと近づけば、簡単に玲奈を抱《だ》きしめることができる。

「海斗、電気消しても大丈夫？」

玲奈は、こっちを向いて尋《たず》ねてきた。

ベッドのすぐ横に電気のスイッチがあるので、ベッドに入ってから消灯することができ

まう。
ってるし今も睡魔《すいま》には襲われているけど、でも、それ以上にこの状況への緊張《きんちょう》が勝ってし
る便利な仕様だ。だけど今電気を消されてもまともに眠《ねむ》れそうになかった。体は疲弊《ひへい》しき

「何？」

「じゃあ消すわよ……あっ、そうだ、その前に言っておかなきゃ」

「私、ベッドで寝てるときは寝相《ねぞう》があんまり良くないみたいで……昨日なんて音羽ちゃんのこと、抱き枕《まくら》みたいにしちゃってたわ。朝起きたら音羽ちゃんに抱き着いてたの。だから万が一私がくっついちゃったら、無理やり引き剥《は》がしてちょうだい」

「ちょ、ちょっと待って？」

「大丈夫、私、眠りは深いから。ちょっとくらい押し返されても起きないわ」

「いや、そういう話じゃなくて……さすがにそれはまずいんじゃ」

このベッドの中で玲奈が抱きしめてきたら、もう僕の理性が持つ保証はない。

だけど僕が顔をしかめると、玲奈は少し意外そうに何度か瞬きをして、そのあとちょっぴり拗《す》ねるように口を尖らせた。

「べ、別に……海斗は私とくっついても何とも思わないでしょ？」

「えっ？」

それは看病していたとき、僕が思わず照れ隠しで言ってしまった言葉だった。

まさか、玲奈がそれを覚えていて、こうやって口にするとは思ってもいなかった。

もちろん何とも思わないなんて、ありえないんだけど——

玲奈はそんな僕の動揺には気づかず、ぐっと近づくと、僕の胸の上に顔を乗せる。あまりにも大胆《だいたん》な行動に、僕の心臓は跳《は》ねる。

「ほら、このくらいくっついたって全然……」

そう言った玲奈は、しかし、そこで言葉を止めてしまった。

僕の心臓の音を、思いっきり聞かれてしまったのだ。

玲奈はそこでようやく我に返ったように顔を真っ赤にすると、ぱっと僕から距離をとった。すごい空気になってしまった。

「……えっと、ごめん。さすがにこんな状況じゃ、ドキドキするというか……」

「か、海斗、私にドキドキしたの……？」

「それは、するよ！」

僕は思わずそう強く言い切ってしまった。言ってから僕は慌てて顔を逸らし、逃《に》げるようにベッドを出ていた。

「ごめん、やっぱり、これはまずいよ。僕、向こうで寝るから」

「そ、そうね……ご、ごめん、変なことしちゃって」

そしてリビングルームまで出てきて、敷《し》いてある布団へと潜《もぐ》りこんだ僕だけど、そのあともしばらくは眠れなかった。

すぐ隣で横になっていて、聞こえてきた玲奈の息遣《いきづか》いや甘《あま》い匂い、そして体をくっつけられたときのあの感覚。どれも鮮明《せんめい》に残っていて、僕の心を激しく揺《ゆ》さぶる。

（だめだ……玲奈のことばかり考えちゃう……）

水沢旅館で隣同士になって寝たときは、こんな気持ちにはならなかった。あのときよりも物理的な距離が近かったのはあるけれど、それだけでは決してない。

幼馴染の少女に対する特別な感情が、日に日に高まっていくのを自覚しないわけにはいかなかった。

＊

その翌朝。

僕たちはぎこちない空気になりながらも、もう一度演技を見てもらって最終確認《かくにん》し、それから二人で現場に向かった。昨晩よりも更《さら》に良くなっていたらしく、これならば間違いなく森田監督《かんとく》の度肝《どぎも》を抜けると玲奈は太鼓判《たいこばん》を押してくれた。

　そして僕たちは現場で通常の撮影に臨《のぞ》んだ。この日が、ラストシーンを除けばあかりの最後の登場シーンだった。玲奈は無事に出番を終えると、満足げに大きく伸《の》びをした。

「ふうー、これで私はしばらくこの現場からはお別れね」

「そういえばそうだったね。おつかれさま」

「仕事自体はむしろ明日からの方が大量に詰《つ》め込《こ》まれてるけどね。雑誌のインタビューにCM撮影、バラエティの収録にイベント登壇《とうだん》、グッズへのサイン書き……明日だけでこんなに仕事が入ってるわ」

「うわ……とんでもないスケジュールだ……」

　玲奈のスケジュールを見せてもらい、僕は思わず苦笑《くしょう》してしまった。『初恋《はつこい》の季節』の間は他の仕事をだいぶセーブしていたと言っていたけれど、本来芸能界のどのジャンルからも引っ張りだこのタレントなのだ。

「でも、海斗の演技が生で見られないのは残念ね。あんなに一緒に練習したのに」

「確かに……」

「まあ、オンエアを楽しみにさせてもらうわ」

　僕たちがそんな雑談をしていると、一人のシーンを撮影していた音羽が帰ってきた。音羽はやってくるなり僕の方を見て言った。

「森田監督から伝言です。今日の撮影は終わりだから、こっちに来いと」

「了解」

僕にとってはこれが今日のメインイベントなのだ。ぐっと拳を握ると、玲奈がぽんと僕の肩にその掌《てのひら》を置いた。

「頑張ってね、海斗」

「うん、ありがとう」

廊下《ろうか》を歩き、森田監督の控室《ひかえしつ》まで足を運ぶ。トントンと扉《とびら》をノックして中に入ると、森田監督はこちらを一瞥《いちべつ》して尋ねてくる。

「どうだ、仕上がってるか？」

「はい。自信はあります」

「それは良かった。じゃあ、さっそく見せてくれ」

僕はゆっくりと深呼吸すると、演技を始めた。

朝、玲奈に演技を見せたときのぴたりとハマる感覚は、今回も感じることができた。うまく感情が乗り、演技をすることができていた。完璧だ、準備していたものを百パーセント発揮することができた。演技が終わったあと確かな手ごたえを感じていた僕だった。

だけど――

そこでふと森田監督を見ると。

想像とは異なり、眉間《みけん》に皺《しわ》を寄せて険しい表情を浮かべていた。

数か月一緒にドラマを撮《と》っているからわかる。不満顔だ。演技に満足していないのだ。

（え？　もしかして、だめだった？）

そんな反応が返ってくるとは露ほども思っていなかったので、僕は動揺してしまう。森田監督はじっと天井《てんじょう》と睨《にら》めっこしたまま固まっていたけれど、ずいぶんと長い時間が経《た》ったあと、静かに言葉を発した。

「……違《ちが》うな」

端的《たんてき》で、明瞭《めいりょう》な、否定。

その言葉は重かった。

僕はしばらく沈黙《ちんもく》することしかできなかった。張り詰めた空気の中、十秒ほど経って僕はようやく口を開いた。

「どこが、だめでしたか？」

「うーん……何といえばいいんだろうな」

森田監督は慎重《しんちょう》に言葉を選ぼうとする。答えに辿り着いているわけではないようだ。

「お前が感情演技を練習してきたのは伝わってきた。実際、良く感情が乗ってるようにも見えるんだが、俺《おれ》の求めてる演技じゃないんだよな。違和感《いわかん》がある」

「何を改善したらいいでしょうか」

「わからん。もしかしたら、お前は感情演技をしない方がいいのかもしれない。俺が感情演技をしろと言ったんだが、やっぱり向き不向きというのはあるからな。とにかく、今のままじゃだめだ」

森田監督はしばらく考《かんが》え込んでいたが、やがて諦《あきら》めたように嘆息すると、僕に向かってゆっくりと言った。

「とにかくやり直しだ。天野、本番までにもう一度きっちり仕上げてこい。さっきのお前の演技は、明久じゃなかった」

「……はい」

こういうときの森田監督から更なるアドバイスを求めても無駄《むだ》だというのは経験上わかっている。明久じゃなかった、というダメ出しの言葉を手掛《てが》かりに演技を再構築するしかない。でも、どうやって？

玲奈と音羽の協力を受け、たった一つのシーンを徹底的《てっていてき》に磨き続け、自分で完璧だと思った演技だったのだ。演技を練り直すといっても方針は思いつかなかった。このシーンの撮影日《さつえいび》まではあとたったの四日しかない。

絶望的な気持ちのまま楽屋へ戻ると、そわそわした様子の二人が待っていた。

「あ、海斗！　どうだっ……」

僕が入ってきた瞬間《しゅんかん》、そう尋ねようとした玲奈は、僕の顔色を見て途中で言葉を止めてしまった。

「天野先輩……えっと、だめだったんですか？」

代わりに、そう口にしたのは音羽だ。

僕は力なく頷《うなず》く。

「違う、って。森田監督には本番までにもう一度仕上げてこいって言われたけど、ちょっと方針も見えないし、どうすればいいんだろう……」

思わず弱音を吐《は》いてしまったが、それを聞いた二人の顔がみるみる曇《くも》っていくのを見て僕は後悔してしまう。

玲奈は、申し訳なさそうに俯《うつむ》いた。

「ごめんね海斗、力になれなくて……私も完璧な演技だと思ったんだけど……」

「そんなことないよ！　玲奈のアドバイスのおかげで演技はとても良くなったと思うし」

「それでこれからどうするんですか、天野先輩《せんぱい》？　音羽たちのサポートは必要ですか？」

「うーん……」

これからの方針は、正直全く見えていない。

でも玲奈も音羽も、この三日間で思いつくかぎりのアドバイスをくれたはずだ。

二人とも売れっ子で忙しいのに、これ以上僕のことで拘束《こうそく》するわけにもいかない。せめてやることが明確になっていればいいけれど、完全な手探《てさぐ》りという状態では二人の時間をただ無駄にしてしまうだけだ。

僕は少し考えてから、自分を納得《なっとく》させるように一度頷いた。

「とりあえず、僕一人でもう一度演技を見つめ直すことにするよ」

「わかったわ。じゃあ海斗、頑張ってね」

「何かあったらいつでも言ってくださいねー」

「うん。ありがとう」

二人に別れを告げた僕は、それから自宅に帰ったのだった。

＊

「僕の演技は明久じゃなかった、かあ……」

森田監督からダメ出しを受け、二日が経った。

撮影の合間、僕《ぼく》は一人で頭を悩《なや》ませていた。森田監督から言われた言葉を思い出し、自分の演技の何がダメだったのかを何度も問いかけていた。でも全然わからなかった。

（感情演技は、あれ以上のクオリティになるとは思えないし……やっぱり、根本的に考え直すべきなのかな……）

結局、付け焼き刃《ば》で新たな演技のスタイルをやったのが間違いだったのかもしれない。

僕が何年もかけて積み上げてきたのは、緻密《ちみつ》な計算で組み立てる演技だ。

森田監督は僕のそういう演技を買って主演に抜擢《ばってき》してくれたのだから、それを貫《つらぬ》き通す方がよかったのかもしれない。森田監督だって言っていた、感情演技をしない方がいいかもしれないと。

自分の強みを生かし、「感情の乗った演技」を計算して作り上げるという方針。それだったらやることは明確になる。いつもやっているのと同じように準備すればよい。だけど本当にそれでいいのだろうかという葛藤《かっとう》もあった。

そうやって考え続けていると頭が痛くなってきて、僕は一度思考を中断した。ぼんやりと窓から外を眺《なが》めた僕は、ふと一人の女の子のことを考えていた。

（玲奈、今何してるかな……）

玲奈が現場に来なくなってから、連絡《れんらく》もとっていない。

撮影日までの三日間、玲奈は自分からは連絡しないと言っていた。僕の邪魔《じゃま》にならないようにと配慮《はいりょ》してくれたのだ。

二つの泊まりがけのロケに看病、そして合宿と、ここ最近はずっと玲奈と一緒にいた。それが突然全く顔を合わせなくなってしまったからか、まだたった二日なのに僕はふとした瞬間に玲奈のことを考えてしまっていた。

玲奈に会いたいし、電話でもメッセージでも連絡をとりたい。そんな思いが脳裏《のうり》を過り、僕は慌てて頬をぺちんぺちんと二度叩《たた》いた。

（ああもう、何考えてるんだ僕！　集中しなきゃ……！）

とにかく、あと二日しかないのだ。迷っている暇《ひま》はない。

自分の中でこれ以上ないと確信した感情演技がダメ出しを受けた以上、今までの僕の演技に戻《もど》るしかないのだ。大急ぎで台本を分析《ぶんせき》し、徹底的に頭を使って、演技を組み立てていくしかない。

僕は覚悟《かくご》を決め、ペンを取り出して台本に書き込みを始めた。いつものスタイルで、作業に取り組んでいったのだった。

そして更に一日が経った。

単独シーンの撮影前日。

仕事から解放された僕は、楽屋でぐったりと倒《たお》れていた。

「疲れた……」

単独シーンの練習だけに専念できればいいのだけど、毎日別のシーンの撮影がある。それらをこなしながら練習も並行《へいこう》するのはきつく、ここ数日の睡眠不足で身体の疲労《ひろう》は限界近くまで達していた。

演技の仕上がりも微妙なところで、一応形にはなっているけれど、森田監督がドラマ全体の出来に関わる重要なシーンというほどのシーンに相応《ふさわ》しい演技といえる自信はなかった。結局いつもの僕の演技の延長線上で、玲奈のようなたった一人で視聴者《しちょうしゃ》を虜《とりこ》にするようなエネルギーのある演技とは思えなかった。

「玲奈、まだ仕事中かな……」

僕は知らぬ間に携帯《けいたい》を取り出して玲奈の連絡先《れんらくさき》を開いていた。ボタンを押《お》せば通話を開始できる画面まで開いた僕は、あと少しでボタンを押しそうなところで思いとどまった。

何か用事があるわけではないのだ。

具体的な演技相談があるわけでもないし、他の用事もなかった。ただ少し話したいというだけで、多忙《たぼう》を極《きわ》めているであろう玲奈の時間を割《さ》いてしまうわけにはいかなかった。

携帯を放り出して突《つ》っ伏《ぷ》してしまった僕は、そのまま少し目を瞑《つぶ》っていたけれど、そうしていると静かに楽屋の扉が開いた。入ってきたのは先ほどまで一緒のシーンを撮っていた音羽だった。

「あ、ここにいたんですね先輩。有希さんが捜してましたよ」

「音羽……」

僕が顔を上げると、音羽はぎょっとしたような顔をする。それから僕のもとに近づいてきて、ぎゅっと頬《ほお》をつねってきた。

「ひどい顔してますよ」

「ああうん……ごめん、ちょっと疲《つか》れちゃって」

そう言うと音羽は心配そうに俯き、それから尋ねてきた。

「演技、やっぱりまだ完成してないんですか？」

「一応練り直してはみたんだけど、自分の中であんまり満足できてないんだ。完全に行き詰《づま》っちゃったからどうしようかなと思って」

「ちょっと見せてくださいよ」

「いいの？　あ、そしたら先に有希さんに連絡しておかないと」

いつも撮影終わりは車で送迎《そうげい》してもらっているので、スタジオ撮影のときは待ち合わせ場所を決めている。だけど僕は心身ともに疲れすぎていて有希さんに連絡するのも忘れていた。少し遅《おく》れる旨《むね》連絡《れんらく》したあと、僕は音羽に向かって演技をした。

演技を終えると、音羽は顔をしかめていた。

「えっ……どうしちゃったんですか先輩」

「どういうこと？」

「今の演技は確かに上手でした、いつもの先輩の演技でした。でも、合宿でたくさん練習した感情演技じゃないですよね」

「うん。森田監督のダメ出しを受けてから色々考えたんだけど……あのアプローチはやめることにしたんだ。やっぱり、僕はああいうのは向いてないみたいだから」

あのスタイルを完全に諦めたわけじゃない。合宿の段階では明らかに何かを掴んだ感覚はあったし、演技に感情を乗せるという技術が身に付いた自覚はあった。だからこのドラマが終わってから、次の作品までに十分な時間をかけてチャレンジする価値はある。

でも、この作品で今から修正して間に合わせるには、時間がなさすぎるのだ。

音羽は黙《だま》り込み、俯いていたが……やがて顔を上げ、僕をじっと見てきた。

「先輩、それじゃあ今の演技でいくつもりですか？」

「うん。感情が乗った演技、それ自体を計算で作り上げてみせるよ」

「でも……今の演技から、合宿で見せていただいたような力強さは感じなかったです」

それは直接的な言葉で、だからこそ僕に深く刺《さ》さった。

「そっか……」

「天野先輩も言ってましたよね。十二話の単独シーンは、一人でインパクトを生まなきゃいけないから、今までの演技じゃダメだって。だからあんなに練習したんじゃないですか？」

「そんなの僕が一番わかってるよ！　でも、撮影は明日だよ？　あんなにばっさりダメ出しされて、どこを変えればいいのかわからないアプローチよりは……まだ、及第点《きゅうだいてん》には仕上げられるから」

音羽に当たってても仕方がないのに、つい語気が強くなってしまい、そのことが僕に罪悪感を抱かせる。僕だって玲奈があれだけ離島《りとう》ロケで体を張ってくれたのに、最終話の大事なシーンで納得できない演技をしたくはない。本当は完璧な感情演技をしたい。

音羽は少し考え込むような顔をしていたが、そこで僕に尋ねてきた。

「この前森田監督にした演技はどんな感じだったんですか？　音羽、最終日は行けなかったんで結局最終形を見られてないんですよー」

「そういえばそうだったね」

「先輩がよければ、今見せてくれませんか？　そしたら何か役に立てるかもしれません！」

「うん……じゃあちょっとやってみるよ」

僕は一度頷いてから、少しだけ時間をとって感情を引っ張り出し、森田監督の前でやったのと同じように演技を披露《ひろう》してみせた。

あれから二日しか経っていないから、さすがに忘れてはいない。確かに感情を乗せられているという手ごたえがあった。だけど演技を終えたあと、音羽は、違和感を隠し切れないといった渋面《じゅうめん》を浮かべていた。

「……なるほど、森田監督の言いたいことがわかったかもしれないです」

「え、ほんと？」

「は、はい。もしかしたら的外れなことかもしれませんけど……」

「いいよ、それでも聞きたい。教えてくれないかな」

今の僕は、役立つ可能性のあることなら何でも聞きたかった。それくらい困っていた。

音羽は少し逡巡《しゅんじゅん》した様子だったけど、やがてゆっくりと口を開いた。

「じゃあ言います。先輩の演技は、明久っぽくなかったんです」

「え？」

「確かに感情は乗っていて、勢いがあって心揺さぶられる演技でしたけど、あのシーンで明久は恋人《こいびと》のあかりと離《はな》れたくないっていう感情を爆発《ばくはつ》させてるんですよね。先輩の演技からはその感じが伝わってこなくて、それで、ちぐはぐな感じがしたんだと思います」

「感情が、違う……？」

その指摘《してき》に、僕は、頭を鉄棒で殴《なぐ》られたような衝撃《しょうげき》を受けた。

音羽は更にそこで決定的な言葉を口にする。

「先輩、言ってましたよね。玲奈さんと再会するまでの八年間の感情を掘《ほ》り起こして、自分の経験として演技に乗せているって。でもそれって……このシーンで明久があかりに向けている感情と、同じですか？」

その通り、その通りだった。

音羽の言いたいことはすぐに理解できた。そしてそれは、正しかった。

パズルのピースが、ぴたりと合った。

「そっか。そうだったんだ」

「えっと、音羽の指摘……的外れじゃなかったですか？」

「うん。直球ど真ん中だったよ。ありがとう音羽」

何でそんな単純なことに気づかなかったんだろう。

四月に再会するまで、僕は確かに八年間ずっと玲奈に会いたいと思っていた。だけどそれはあくまでも幼馴染《おさななじみ》として、そして役者としての憧《あこが》れであり目標となる存在としてに過ぎなかったのだ。

画面越《ご》しに見る玲奈のことは可愛《かわい》いし魅力的《みりょくてき》な女の子だとは思っていたけれど、恋愛《れんあい》感情は抱いていなかった。

だから、明久の感情とは合致《がっち》しない。それを無理やり重ねることで、違和《いわ》が生じる。

僕は最初のアプローチから間違《まちが》えていたのだ。会いたいけど会えないという感情を自分の経験の中に見出《みいだ》そうとしたら、あの八年間の記憶《きおく》が最も強烈なものだったから、安易に共通項《きょうつうこう》で括《くく》って思考を止めてしまっていた。

そして——そうとわかってしまえば、解決策は簡単だ。

掘り下げるべき感情が間違っていたならば、別の感情を持ってくればいいんだ。

本気で恋《こい》している少女と、会えない。そんな明久の感情とぴったり重なる感情。

幸いなことに、僕はそんな感情を持っている。

それも、現在進行形で抱《かか》えている、とびっきり鮮度《せんど》の高いやつを。

「先輩……えっと、大丈夫《だいじょうぶ》ですか？」

僕はずいぶん黙り込んでしまっていたらしく、痺《しび》れを切らした様子の音羽が声をかけてきた。僕はにっこりと微笑《ほほえ》んでみせる。

「ごめん、少し考え事してたんだ。でもおかげさまでアイデアがまとまったよ」

「本当ですか？　じゃあ、明日までに間に合いそうですか？」

「うん。意地でも間に合わせてみせるよ」

すると音羽は目をぱちくりさせ、それから笑《え》みを作った。さっきまでとは違い、いつものおどけたような表情だ。

「良い顔になりましたねー。音羽もやっと安心しました」

「ごめんね色々と。本当に助かったよ」

「じゃあ、明日は音羽は現場来ないんで、オンエアを楽しみにしてますよ！」

音羽がそう言い残して帰ったので、僕は有希さんに連絡し、帰路についたのだった。

＊

そして家に帰ってから僕は、徹底的に一つの感情を掘り下げることにした。それはこの三日間事あるごとに感じていた、玲奈に会いたいという思いだった。

これまでは演技を完成させる上でノイズでしかないと思っていたから、なるべく頭の隅《すみ》に追いやろうとしていたけれど、その感情を逆にどんどん膨張《ぼうちょう》させていくことに徹《てっ》した。僕は一度台本やドラマのことを全て忘れて、玲奈のことばかりを考えていた。

（本当に、素敵《すてき》な女の子だよなあ……）

目を瞑ると、たくさんの思い出が蘇《よみがえ》る。この一か月だけでもたくさんのことがあった。二人きりで泳ぎを教えて、ディナーに誘《さそ》って、島でのロケでぶつかり合って、助けて、看病して、合宿をした。

あのキスシーンをきっかけに玲奈への気持ちに気づいた僕だったけど、その気持ちは日々強くなっていった。一緒《いっしょ》に過ごせば過ごすほど、玲奈のことが好きだという感情は大きくなった。

今や、たった三日会っていないというだけで、会いたいという感情が頭を埋《う》め尽《つ》くしてしまっている。それはあの八年間抱えていた感情とは異質のものだ。玲奈と再会する前は、再会したいという思いは演技のモチベーションにはなっていたけれど、ここまで自分を激しく動揺《どうよう》させるような強烈な熱量はなかった。

（うん……この感情だ……）

玲奈とディナーを共にしたあと、僕は、共演者としての関係が終わっても幼馴染としての関係が残るのだからそれでいいと思っていた。でも、そんなわけなかった。このドラマが終わっても玲奈とたくさん一緒にいたいし、連絡をとりたい。

　今まで僕たちを結び付けていた共演者という関係を失うのなら、代わりに、もっと僕たちを結び付けてくれる関係になりたいのだ。幼馴染なんかではなく、もっと特別な関係に。

溢《あふ》れだす衝動《しょうどう》を抑《おさ》えるのが大変だった。僕は自分をわりと落ち着いた性格だと自認《じにん》しているから、こんなことは本当に珍《めずら》しかった。今すぐにでも家を飛び出してあのマンションへと向かいたくなる気持ちを一度押し殺して、そこではじめて僕は台本へと手を伸ばした。

　感情演技の、組み直しだ。

　掘り下げた感情を演技に乗せるコツは、この前の合宿で掴んでいる。だから今回、技術的な部分で苦戦することはなかった。あの合宿は無駄だったわけではなかったのだ。玲奈と音羽のアドバイスのおかげで身に付けた新しい技術は、今回の演技にも確実に生きる。

　練習を繰《く》り返し、自分の中でしっくりくるのはかなり早かった。まだ日付も変わっていない頃《ころ》だったが、僕は明日の演技に確固たる自信を持つことができたので、練習を切り上げることにした。


　その翌日。

撮影《さつえい》は午前中から始まっていた。ドライ、カメリハ、ランスルーと、慎重に重ねられるリハーサルで僕は全て簡単に台詞《せりふ》を口にするだけの抜《ぬ》いた演技をした。

普段《ふだん》の僕は計算型の演技をするから、何度も繰り返すことはそこまで大きな負担にならない。だからリハーサルのときも百パーセントのパフォーマンス、本番予定しているものと同じパフォーマンスを発揮するように努めている。

だけど、今回の演技は何度も繰り返すものではないと僕は思っていた。演技を繰り返して行けば、せっかく温めてきた感情が擦《す》り減ってしまう。それよりも本番の一発に全力で爆発させた方が絶対に良いものになるはずだ。

「じゃあ本番行くぞ！　スタンバイ入ってくれ！」

森田監督の言葉に、僕はリハーサルと同じ立ち位置へとついた。

そしてふうと深呼吸をした。

やがてカチコミが鳴らされ、本番が始まる。

あかりのことを諦めようと一度は決意して、だけど諦めることができなくて、会いたいという感情を爆発させる明久。かなりの長回しのシーンだ。僕はまさしく全力で、感情を剥《む》き出しにして演じる。

カメラのことも忘れ、ただ夢中になって演技をしていた。

台本の台詞が、まるで自分の心の中から出てきたように体に馴染《なじ》む。

台詞を口にするたびに、感情が昂《たかぶ》っていくのを感じた。するとそのうちに、僕は初めての経験をすることになる。自分が自分でなくなっていくような——自分と、明久というキャラクターが溶《と》け合っていくような、不思議な感覚。

そこからは、ほとんど何も覚えていない。

我に返ったのは、森田監督からカットの指示が出て数秒経ったあとだった。起きたら知らない場所に立たされていたような、そんな奇妙《きみょう》な感覚で、僕は状況がのみこめず左右をくるくると見回してしまった。

周りを囲むスタッフたちも、狐《きつね》につままれたとばかりの様子で、ぽかんとした表情を浮《う》かべていた。いったいどうなっているんだろう。僕が戸惑《とまど》っていると、やがて僕以上に戸惑った様子の森田監督が、ぱんぱんと手を叩いた。

「天野、オッケーだ」

「え？　あ、はい」

「これで午前は休憩《きゅうけい》に入るぞ。午後は一時から再開だ」

その指示に、固まっていたスタッフたちも慌《あわ》てて動き出した。

だけど、僕はそれからもしばらく立ち尽くしていた。

今の経験がいったい何だったのか、理解するのに時間がかかっていたのだ。

(これが……玲奈の見ている、景色?)

役に没入《ぼつにゆう》するとか、役と一体化するとか、言葉では知っていた。でも今までの役者人生でそんな経験をしたことはなかったから、どんな感じなのかは見当もつかなかった。

もしかしたら僕は、その領域に足を踏《ふ》み入れることができたのかもしれない。

*

失踪《しつそう》したあかりのことを捜し出すと心を決めた明久は、紗良《さら》とも協力して手当《てあ》たり次第《しだい》に動くことになる。そうして八方手を尽くした中、ついに、明久はあかりが旅立ってしまうフライト便を突き止《と》めた。

だけどそれを知ったのはフライトの当日、ほんの数時間前だった。明久は空港まで急ぐ。広い空港であかりを見つけるのが難しいのはわかっているが、それでも、明久に躊躇《ちゆうちよ》するなんて選択肢《せんたくし》はなかった。

そして、ラストシーンが訪《おとず》れる。

そこまでの撮影は滞《とどこお》りなく終わった。相変わらず玲奈と会うこともなく、連絡も取らなかった。僕は連絡をしなかったし、向こうから連絡が来ることもなかった。

（ついに、今日でオールアップか……）

様々な感情がごちゃ混ぜになった状態で、僕は現場に向かっていた。

ラストシーンの撮影場所は、とある大型ビルだ。本物の空港で撮影をするのはかなり難しいので、ほとんど代替《だいたい》の場所が使われる。今回の撮影場所も数多くのドラマの空港シーンで使われている有名な場所だった。

「おはようございます、森田監督」

「おう。リハの進行はこの前話した通り、別々にやるからな。まずはお前からやるぞ」

「わかりました。よろしくお願いします」

この前の撮影のあと、森田監督に捕《つか》まってどうやって演技を構築したのかを詳《くわ》しく聞かれた。僕が玲奈のことを含《ふく》めて全てを洗いざらい話すと、森田監督はラストシーンの演出プランを提案してきたのだ。それは、リハを別々にやって本番ではじめて合わせるというもの。

確かに、リハーサルの時点で玲奈と会って話とかをしてしまうと、せっかく温めてきた感情が薄《うす》まってしまうかもしれない。結局もう玲奈とは一週間くらい会っていないから、この前よりも更に会いたい、離れたくないという感情は強まっている。それを演技に全て注《そそ》ぎ込んだ方が良い演技になるというのは、僕も同意だった。

と、そこで森田監督は僕の肩《かた》をぽんと叩いた。

「それで天野。今日は、好きなようにやっていいぞ」

「え？　好きなように……ですか？」

「余計なことは考えなくていい。やりたいように演技してみろ。色々考えたが、それが一番良いラストシーンを作れそうだ」

「は、はあ。わかりました」

いつもの森田監督は綿密な演出プランを用意し、時間をかけてイメージを共有する人だ。いったいどういう意図なのかはわからなかったけど、僕はただ頷いていた。

そして現場に入り、僕一人でのリハーサルが始まった。

玲奈とは現場入りの時間もずれているため、玲奈はまだ来ていない。そうしてリハーサルが終わると、僕は用意された控室へと戻った。玲奈のリハーサルが終わるまでしばらく待機ということだ。

「おつかれさま。何かほしいものある？」

控室でぼんやり椅子《いす》に座《すわ》っていると、有希さんが入ってきた。

「外出たところにコンビニあるからさー。食べ物でも飲み物でも買ってくるよ」

「ありがとうございます、でも大丈夫です。番組からの差し入れもけっこうありますから」

水やお茶のペットボトル、お弁当に軽食のおにぎりやサンドイッチ、お菓子《かし》と、十分な差し入れが用意されていた。それに今はあまり食欲もなかった。

「それより、玲奈はもう来てますか？」

「うん、来てたよ。リハーサル始めてたね」

「そうでしたか」

「そういえばさっき久しぶりに花梨と会ったからちょっと立ち話したんだけど、ここ一週間くらい水沢さんと全然連絡とってないんだって？」

「あ、はい。そうですね」

「なになに？　喧嘩《けんか》でもしたのー？」

有希さんとは演技の話をしていなかったから、僕が玲奈への感情を演技に乗せているということを知らない。そのせいで誤解をされているようだった。

何と返答しようか迷ったところで、僕は重要なことを思い出す。僕がこの撮影のあとにやろうとしていることは、筋を通すならば絶対に有希さんには話しておかなければいけないことだ。そして、ここはその話を切り出すベストタイミングだ。

心の準備のため少しだけ時間を置いてから、僕はじっと有希さんの目を見た。

「え、何？　どうしたの天野君？」

「いや、実はそのことで有希さんに相談しないといけないことがあって」

「相談しないといけないこと？」

「僕……彼女《かのじょ》作ってもいいですか？」

一部のアイドルと違って、僕たち役者は恋愛禁止のルールで縛《しば》られているわけではない。それでもプライベートに興味を持たれる芸能人であり、常にスクープを求める週刊誌に狙《ねら》われる存在である以上、少なくとも報告は必須《ひっす》であると教育を受けている。事務所が把《は》握《あく》していれば様々なサポートをしてもらえるし、何かあったときも迅速《じんそく》に対応できるからだ。

実際には事務所に内緒《ないしょ》で交際関係を持っている知り合いも何人も知っているけど、ここまでずっと支えてくれた恩人である有希さんには隠《かく》し事《ごと》はしたくなかった。

有希さんは、いきなりのことに驚《おどろ》いたのか目を丸くしていた。

だけどすぐに相好を崩《くず》し、楽しそうに口を開く。

「そっかそっか。天野君が、ねえ。ちょっと前までは演技が恋人みたいな感じだったのに」

「そ、そうでしたか？」

「うん。女の子とか興味ないのかなーって思ってたもん。このドラマが始まる前は」

何気にひどいことを言う有希さんは、笑いながら続けた。

「で、答えだけど、もちろんいいよー。そもそもあたしにダメっていう権利もないしね」

「ありがとうございます」

「天野君もついに彼女持ちかー、何か感慨深《かんがいぶか》いねー」

「いや、それはわからないですけどね。向こうの答え次第ですから」

断られるかもしれないけど、それでも、僕は告白することを決意した。

心が決まったのはここ数日の間だ。

演技のために玲奈のことを考え続けて、僕は改めて自分の気持ちの強さを自覚することになった。あかりと離れるのが嫌《いや》な明久のように、僕はこのドラマが終わっても玲奈との関係が薄れるのが嫌なのだ。そしてそのために、行動に踏み出す。その勇気は、もしかしたら明久からもらったのかもしれなかった。


それからしばらくして、僕は撮影へと呼び出された。

玲奈のリハーサルが終わり、本番の撮影に入る準備ができたということだ。僕が現場へと戻ると、そこには、会いたくてたまらなかった一人の少女の姿があった。

（玲奈……！）

椅子に腰《こし》かけてメイクの直しを受けていた玲奈は、僕のことを見つけて、控《ひか》えめに手を振《ふ》ってくれた。それだけで、胸がどきんと跳《は》ねる。

今までもとてつもない美少女だと思っていたけれど、今日は更《さら》に可愛く見えた。世界中探してもこの子よりも可愛い女の子なんていないんじゃないかとすら思った。すぐにでも話しかけたかったけど、森田監督《かんとく》がそれより先に指示を口にした。

「じゃあ、さっそく本番入るぞ。二人とも、リハ通りの立ち位置に」

僕たちは頷き、互《たが》いに自分の立ち位置へと移動した。

ラストシーンは、未練を抱えながらも空港の出発口に向かっていたあかりの下に、その姿を見つけた明久が全力で駆《か》け寄っていくところから始まる。エキストラの人たち含めて出演陣《じん》およびスタッフの準備が全て完了《かんりょう》したところでオッケーサインが出て、僕はゆっくりと胸に手を当てた。

少し離れたところに立っている玲奈を見て湧《わ》き上がってくる天野海斗としての感情。それがあかりに対する明久の感情とぴたりと重なりあっているとき、僕は明久という役に没入していくことができる。数日前に発見し、今日までの間で再現性ある技術に昇華《しょうか》させた。

僕は、ふうと息を吐いた。

頭の中を天野海斗としての感情でいっぱいにして、そのあと、それを赤井《あかい》明久という器に流《なが》し込《こ》んでいく——

「ラストシーン、カット一、トラック一。よーいスタート！」

そして僕は、開始の合図がかかった瞬間、大声で叫《さけ》んでいた。

『あかりっ！』

国際線出発ロビーのど真ん中。スーツケースを持った大勢の渡航者《とこうしゃ》が忙《せわ》しなく往来する中、突然《とつぜん》大声をあげた少年に周囲の注目が集まる。でもそんなことどうだっていい。ずっと会いたかった少女が、すぐそこにいるんだ。

出国手続きへと向かおうとしていたあかりは、名前を呼ばれてこちらを振り返り、そして目を丸くしていた。なぜここにいるんだという、困惑《こんわく》の表情だった。

『明久君……？　どうして？』

『会いに来たに決まってるだろ！』

そうして明久はあかりへと駆け寄る。あかりは嬉《うれ》しい気持ちと嫌がる気持ちが混在した、複雑な表情を作っていた。明久はあかりの肩をがっちりと掴《つか》み、じっと目を見つめたのだけれど、あかりはその手を振り払《はら》って叫んだ。

『何で！　何で、会いに来たの？』

『何でって……』

『あんなことしたんだから……あたしのことなんて嫌《きら》いになって、それで、忘れてくれればよかったのに！』

あかりに拒絶《きょぜつ》されるのは予想できていたことだった。

ずっと音信不通で、海外に行くことすら教えてくれなかったのだから、ここに来ることを歓迎《かんげい》されないのはわかっていた。でもいざ面と向かって言われると、心がずきずき痛んだ。

『俺《おれ》のこと、嫌いになったのか？』

『違《ちが》うっ！　明久君のこと、嫌いになるわけない……！』

『じゃあどうして』

『わかるでしょ！　あたし、海外行くんだよっ！　離《はな》れ離れだし……それに、あたしたちが簡単に行き来できるような距離《きょり》じゃない！　もう、ずっと、会えないかもしれないんだよっ！』

『それは……そうだけど』

『明久君が優《やさ》しくて、誠実なのは知ってるもん。だから……あたしに興味を失っても、それでも、たぶん彼女も作らないんだろうって……そうやってあたしが、明久君のこと苦しめちゃうだろうって……！　だから！』

　その言葉は、強烈《きょうれつ》な葛藤を含んでいた。あかりは自分のことを嫌いになってはいない。今も好きでいてくれている。でも大切に思っていてくれるからこそ、海外に行って会えなくなるのに遠距離《えんきょり》恋愛《れんあい》を続けることで縛りたくない、苦しめたくないと、ずっと悩んでいたのだ。

　台本では、ここで、明久が一度折れてしまう。

　あかりの強い覚悟に気圧《けお》され、あかりがそれでいいならここで別れても構わないと、そんな言葉を口にする。

　それに対してあかりは黙り込んでいたが、わざと遠ざけようとしていた大好きな人を前に感情が抑えられなくなり、泣き出してしまう。そして明久に抱《だ》き着き、明久のことが大好きだ、別れたくないとずっと心に抑え込んでいた思いを爆発させる。

だけど――

台本の台詞を口にすることを、僕《ぼく》の、明久の、感情が拒《こば》んでいた。

(別れても構わない？　あかりの感情を尊重する？　そんなわけ、ないだろっ！)

あかりのことが大好きだ、絶対に別れたくない。玲奈のことが大好きだ、今よりももっと特別な関係になりたい。僕と明久の気持ちは、どちらも、激しく燃え上がる強烈な感情だった。理性で抑えられるようなものじゃなかった。

だから僕は、無意識に、身体を動かしていた。

理性ではない。感情が、僕の身体を突き動かしていた。

そして僕は、玲奈をぎゅっと抱きしめていた。

『それ以上、聞きたくないっ！』

そうやって抱きしめたまま、あかりの言葉をこれ以上聞きたくないとばかりに、その口を無理やり塞《ふさ》いでいた。手ではなく、唇《くちびる》で。僕と玲奈は唇を重ね、それから、僕はゆっくりと唇を離した。

いったい僕は何をやってるんだ？

計算型の役者としての僕が少しだけ顔を出し、そんな焦燥《しょうそう》を抱く。こんなの台本になかったし、アドリブの打ち合わせだってしていない。完全な暴走だ。台本と大きく外れてしまい、軌道《きどう》修正もできない。次の台詞は用意されていない。

だけど、不思議なことに、言葉はすらすら出てきた。

『俺は、あかりのことが大好きなんだっ！　その気持ちは、ずっと変わらないっ！』

『でも……』

『そんなことないっ！　もちろん会えないのは辛《つら》いけど……それでも、別れる方が遥《はる》かに辛いんだよ！　俺は、あかりがどんなに遠くに行っても、あかりのことがずっと好きだ！　他の女の子なんて、好きにならない！』

『明久君っ……！』

僕の演技に対し、玲奈も、全く戸惑うことなく合わせてきていた。もちろん、この流れは台本にない。だけど僕たちはまるで打ち合わせでもしていたように、二人で暴走ともいえるアドリブの応酬《おうしゅう》を繰り広げていった。

とっくにNGが出てもいい頃合《ころあ》いだ。

でも、演技を止める声は上がらなかった。

そういえばこの撮影の前、森田監督には、好きにやっていいと言われていた。監督はこうなることを予想していたんだろうか？　わからなかったけれど、今はそんなことどうでもよかった。このまま突っ走ることが許されるならば、僕は、この感情に導かれるままに演技を続けるだけだ。


『だから……俺と……』


そうだ。

今ならわかる。この前の感情演技だって、まだ、本物じゃなかったのだ。

演技があってそこに感情を乗せるんじゃない。感情が、演技を作り上げていく。身体を動かし、言葉を喋《しゃべ》らせる。台本なんて関係ない。今の僕はまさしく感情で演技をしていた。

明久のあかりを想《おも》う気持ちが、僕の玲奈を想う気持ちが、僕を動かしていた。

こんな演技、本当ならば許されるはずもないし、そもそも演技といっていいのかも怪《あや》しい。台本の台詞を無視して好き勝手やれば展開はめちゃくちゃになってしまう。でも、これはラストシーンだ。このあとに続くシーンはない。めちゃくちゃにしたって構わない。

いや、そんな理性での思考も、僕は半ば放棄《ほうき》しつつあった。もはや僕は暴れ馬のよう激しい感情にただ身を任せ、それを余すことなく解き放つことだけに意識を向けていた。


俺は、あかりが、好きだ！

僕は、玲奈が、好きだ！

その気持ちだけを、百パーセントの純度で、言葉へと乗せる。


『俺と、別れないでくれっ！　これからも、恋人でいてくれっ！』

『本当にいいの？　あたしなんかが……それに明久君にはひどいことしちゃったし……』

『ああ！　だから、答えを聞かせてくれ！』

『明久君……』


あかりはそれだけ言うと黙り込んだ。それから、ぼろぼろと涙《なみだ》を零《こぼ》し始めた。

最も近しい存在だったはずの明久にも相談できず、孤独《こどく》に悩《なや》み続けていた少女の、結界《けっかい》が崩壊《ほうかい》する瞬間《しゅんかん》だった。あかりは見てわかるほどに取り乱していた。そしてそんな涙を流したまま、あかりは、答えの代わりに口づけをした。

僕と玲奈は、再び、唇を重ねていた。

それから唇を離したあと、玲奈は言う。


『ありがとう……ありがとう、明久君……うん、今なら言える！』

『あかり……』

『あたしは、明久君が大好き！　別れたくなんてない！　本当は、海外に行くのも離れ離れになるのも嫌！　でも……離れ離れになっても、もうずっと会えなくても、それでもずっと待ってるから！　何年経《た》っても、明久君のことをずっと好きでい続ける！』

『俺も、俺もだ！』


僕と玲奈は、二人で、即興《そっきょう》で、物語のクライマックスを創り上げていた。

それは台本が示していた落としどころよりも遥かに暑苦しくて、剥き出しの感情のぶつかり合いで。

興奮が止まらなかった。今まで、演技をしていてこれほど高揚《こうよう》感に包まれたことはなかった。僕はもうわけもわからぬまま、僕の知る最高の女優であり大好きな少女と、二人の世界をひた走った。

「よーし、カット！　最高のラストシーンだっ！」

そして——森田監督から、カットの声がかかる。

その言葉は、ＮＧややり直しではなかった。さんざん好き勝手、めちゃくちゃしたはずなのに、森田監督は最高というこの現場で初めて聞く二文字を送ってくれた。

やり切ったのだ。

今までの僕とは全く違う演技。相手が玲奈だからこそ、できた演技。

僕は、力尽《ちからつ》きるように床《ゆか》へと倒《たお》れ込んでいた。

エピローグ　打ち上げ

Filming a kiss scene with my genius actress childhood friend

「えー皆様《みなさま》、グラスは手元にご用意できていますでしょうか？」

オールアップの日からちょうど一週間後の夜。

都内某所《ぼうしょ》の高級ホテルの宴会場《えんかいじょう》に、『初恋《はつこい》の季節』の関係者がそろい踏《ぶ》みしていた。

出演陣に監督《かんとく》やプロデューサー、スタッフ、テレビ局やスポンサー企業《きぎょう》の関係者など総勢数百人にのぼる参加者で、広い会場はいっぱいになっていた。

「では、乾杯《かんぱい》っ！」

その音頭《おんど》に、あちこちでグラスをぶつけ合う音が響《ひび》く。まだお酒の飲める年齢《ねんれい》になっていない僕はジュースでの参加だったけど、今まで味わったことのないような高揚感と場の雰囲気《ふんいき》に酔《よ》ってしまいそうだった。

「いやーすごかったですねー、最終回も視聴率《しちょうりつ》は断トツだったと」

「今年の第一位は間違いないですな。さすが森田監督、素晴《すば》らしい仕事だ」

「局としてはぜひ続編を用意したいところでしょうが、どうなることやら」

大人たちはみんな楽しそうにドラマの話をしていた。それを聞いていると、今回の作品が大成功だったということを改めて実感できた。

ドラマ打ち上げの規模は視聴率で決まる、などと言われることもある。

僕が過去に出演した作品でも視聴率が悪い作品は小規模で地味な打ち上げで終わることが多かった。例外はあるけれど、やはり成功した作品の方が派手に行われるものだ。

その点、『初恋の季節』は素晴らしい数字を記録している。水沢玲奈《みずさわれな》が初めて恋愛ものに挑戦《ちょうせん》するという期待値の高さから第一話が高視聴率《こうしちょうりつ》を記録すると、それから高水準を維《い》持《じ》し、六話で跳ねてから更に高い水準へと伸《の》びていった。その勢いのまま先日放送された最終話も今のところ今年放映されたドラマでナンバーワンの視聴率を記録した。

それだけではない、作品の質としても素晴らしいものになったと思う。台本や演出がすごく良かったのはもちろんのこと、僕も玲奈もベストパフォーマンスを発揮できたと思っている。

（ついに……やったんだな……）

二人で最高の作品を作るという、八年前に玲奈と交《か》わした約束。今までの僕はそれを目指してがむしゃらに走ってきた。俳優としての夢であり、目標だった。

今日は僕にとって二つの意味で特別な日だ。今日はあのときの約束を八年越しに果たすことができた日であり、そして、勇気を出してとある行動に踏み切ると決めた日でもある。

そのことを考えるだけで今からそわそわしていた僕だけど、それはパーティーが一段落してからのことだ。だから僕はパーティーを楽しんでいたし、ありがたいことに僕のもとにはたくさんの人が話しに来てくれた。

「いやあ天野《あまの》さん、良い演技でしたよ。またうちの局でドラマ出てくれませんか？」

「ありがとうございます！　お声をかけていただければ、ぜひ！」

「天野くん、バラエティに挑戦する気はないか？」

「興味はあります！　僕に務まるかはわからないですが、やってみたいです」

「天野さん共演ありがとうございました！　私はちょい役でしたけど勉強になりました」

「おつかれ！　すごく印象に残ってるよ、透明感《とうめい》のある演技する子だなって思ってた」

今まで打ち上げに参加した経験はあったけど、きまって端《はし》の方で仲良くなった共演者と小さくなっているだけだった。ひっきりなしに声をかけられて輪の中心になるというのは初めてだったから、慣れない感じだ。

少し会話の流れが落ち着いたところで僕がふうと息をついていると、後ろからコツンと軽く背中を叩《たた》かれた。

「すっかり人気者だな。声をかけるタイミングが難しかったぞ」

「あっ、森田監督！　おつかれさまです！」

右手に赤ワインのグラスを持った森田監督。酔ってはおらず、いつも通りだった。

普段ラフな格好だけど、さすがに今日はびしっとスーツで締《し》めている。そうするといつもに増して名《めい》監督に見えてくる。

「キャスティングのときは何でこんな無名役者をゴリ押《お》しするんだって色んな大人からさんざん言われたもんだ。このままドラマが爆死《ばくし》してたら俺の責任問題だったが、結果俺の目に狂《くる》いはなかったようだな」

「本当にありがとうございます。僕がここに立ててるのも、森田監督のおかげです」

「ふん、この作品に一番マッチするキャストを選んだまでだ。お前の能力はオーディションのときにわかっていた。ただ……この前のやつは、予想以上だったけどな」

森田監督はテーブルにグラスを置いた。僕もそれに倣《なら》って自分のグラスを隣《となり》に置いた。

「十二話、すごい評判だったな」

「そうですね。好評が多くて良かったです」

「ネットでバズった回は他に六話があったが、あれは水沢の演技の話題だった。十二話は、お前の演技の話ばかりだった。感情をむき出しにする演技、あの引き出しを見られたことで俺のお前に対する評価は更に一段階上がったぞ」

「それは、嬉しいです。ありがとうございます」

「またすぐにお前に声をかけることになるはずだ。他にもいっぱい仕事のオファーは入ってきてるとは思うが、俺としては受けてもらえると助かる」

「森田監督……」

「じゃ、楽しめよ。また別の現場で会おう」

森田監督はそれだけ言うとグラスを持って去っていった。また撮《と》りたい、森田監督ほどの人からそう言ってもらったのは素直《すなお》に嬉しかった。

と、後ろからこつんと頭を叩かれる。振り返ってみるとそこに立っていたのは、いたずらっぽい笑《え》みを浮かべる一人の少女だ。

「先輩《せんぱい》、嬉しそうですねー」

「音羽《おとは》！　何だかんだ現場で最後に会って以来だね」

「そうなんですよー、先輩プライベートでも仲良くしてくださいよー」

「それは大歓迎《だいかんげい》なんだけど、音羽の場合僕を介《かい》して玲奈と一緒に遊びたいんじゃ？」

「ピンポーン！　って、それはまあ五十パーセントくらいですよー。普通《ふつう》に先輩とも遊んだりしたいです！」

そう言って明るい笑顔《えがお》を作った音羽は、それから少し僕に近づき、耳元で周りに聞こえないように囁《ささや》いてきた。

「ところで、さっき玲奈さんと話したんですけど、今日面白《おもしろ》いことやるらしいですねー」

「聞いたの？」

「はい。二人きりで抜け出す約束をした、と」

「ああ、うん……」

そうなのだ。

ラストシーンの撮影が終わり、オールアップとなったあの日の夜、僕は玲奈と約束を取り付けるべくメッセージを送っていた。その約束とは、今日の打ち上げパーティーの途中《とちゅう》で二人で抜け出して話がしたいというものである。

用件は伝えなかったけど、玲奈はオッケーしてくれた。

もう後戻《あともど》りはできない。今日、僕はついに自分の気持ちを玲奈に伝えるのだ。

僕がぐっと拳《こぶし》を握《にぎ》ると、音羽はおや、と少し目を見開いた。

「あれ、先輩もしかして緊張《きんちょう》してるんですか？」

「何でわかるの？」

「顔が青いし、手もちょっと震《ふる》えてますすよ」

「ええ、ほんと？　そんなにわかりやすかったかあ……」

「ほらほら先輩、両手合わせてみてください。はい、そんな感じです。それっ！」

「うわっ？」

音羽は僕が手を合わせたところに、挟《はさ》みこむようにして両手でぱちんと叩いた。意外と痛く、僕はびっくりして音羽の方を見る。すると音羽はにっこり笑い、親指を突《つ》き上げた。

「音羽パワーを補充《ほじゅう》しました！　これで緊張もほぐれたはずですよ！」

「あっ……確かに、手の震え止まったかも」

「あとで話聞かせてくださいよ！　音羽とも約束ですからね！」

音羽はそう言って去っていった。

僕はふうと息をつく。

会場内の時計を見ると、予定していた時が迫《せま》っていた。一次会の締めとして参加者全員を対象としたビンゴ大会をやるのだけど、そのタイミングがあとほんの数分後だった。と、そこを見計らったようにどこからともなく有希《ゆき》さんが現れた。

「やっほー、天野くん。飲んでる？」

「僕は未成年ですから飲めません……有希さんは顔真っ赤ですね、何杯《なんばい》飲んだんですか」

「ははっ、まあそれなりにね。ここのワイン美味《おい》しいんだよー」

有希さんはそう肩をすくめてみせたあと、秘密を共有するように言う。

「ところで耳よりな情報だけど、ビンゴ大会の賞品を保管するのに使ってた小部屋、今は空っぽだよ。誰《だれ》もいないし、絶好の場所だね」

「え？　何でそんなこと知ってるんですか？」

「今回、あたしたちも裏方を手伝ってるからねー。勝手に使っても大丈夫《だいじょうぶ》だよ、あたしが許可してあげる」

「……ありがとうございます」

外に出ようと思っていたけれど、そんな場所があるならばずっといい。僕は有希さんにお礼を言ったあと、教えてもらった場所に行ってみた。確かに部屋には何もなく、人も誰もいない。そして有希さんの話にはなかったけれど、ガラス張りの窓からは、綺麗《きれい》な夜景を見渡《みわた》すことができた。

僕は玲奈へと、一通のメッセージを送った。

＊

「お、お待たせ」

玲奈が姿を現したのはわずか二分後だった。

パーティーということもあり、玲奈は可憐《かれん》なワンピースに身を包んでいた。いつもに増して可愛《かわい》らしいその姿に、もう何か月も一緒《いっしょ》にいるはずなのに、僕は思わず見とれてしまう。

「ごめん玲奈、パーティーの途中に呼び出すようなことになっちゃって」

「そ、それは全然いいんだけど……用件って、な、何かしら？」

玲奈はいつになく緊張した面持《おもも》ちだった。僕のことをじっと見て、次に何を言うのかを待っていた。

僕は口を開こうとして言葉に詰《つ》まってしまった。一週間もの間ずっと、今日この時のことばかり考えていたはずなのに。いざ玲奈と二人きりでこうやって向き合うと、準備してきたたくさんの台詞《せりふ》も全て頭から消え去ってしまったみたいだ。頭が真っ白になり、話の切り出し方が思いつかなくなった僕は、仕方なくいつものように演技の話を口にすることにした。

「この前放映された最終話のオンエア、一人で観《み》たんだけどさ。びっくりしたんだ。手前味噌《みそ》になっちゃうんだけど自分の演技、すごく良かったし……それに玲奈、あのラストシーン、ああなるように演出してたんだなと思って」

「え？　あ、うん……」

そんな話がしたくてわざわざ呼び出したのか、といわんばかりの視線を一瞬《いっしゅん》向けられた気がしたけれど、玲奈はすぐに役者としての表情に変わり、話をしてくれた。

「あれは、海斗《かいと》のおかげで手に入れられた引き出しよ。海斗と毎日一緒に演技の話をして、海斗の考え方とか演技の組み立て方を知れたから、私もああいうアドリブの使い方ができたの。普段《ふだん》の演技に計算的な演技のエッセンスを混ぜる、そんな演技ができたわ」

「それは嬉しいな。玲奈に勉強させてもらってばかりだと勝手に思ってたからさ」

「そんなことないわ。海斗のおかげで、私、この数か月でたくさん成長できた」

「僕だって、玲奈のおかげですごく成長できたよ。ありがとう」

誰もが認める天才女優と言葉通り毎日一緒に練習をさせてもらい、演技を見てもらえて、好きなだけ質問をできるなんて、役者として計り知れないほど貴重な経験だった。将来、僕のキャリアの中でもとても重要な期間だったといえるはずだ。

「でもこれで、あの日の約束は果たせたのかな。二人でいつか大舞台《おおぶたい》で再会して……一緒に最高の作品を作るって約束」

「うん、そうね。最高の作品っていう言葉は難しいけれど……でも少なくとも、数字も内容も、非の打ちどころのない素晴らしい作品だったのは間違《まちが》いないでしょう」

「そっか。そうだよね」

「あれ、海斗、あんまり喜んでない?」

「そんなことないよ、すっごく嬉しい。ただ、僕たちの関係もまた変わるんだなあと思って。僕たちを縛ってた約束はもうなくなったわけだし、もう今は共演者でもないんだ」

玲奈は硬直《こうちょく》し、少し怯《おび》えたような表情で僕の方を見た。

「玲奈、秋の仕事はもう決まってるんだっけ?」

「去年放送されたドラマ、『ミステリー学園』の続編が劇場版でやることになって。役者としてはその撮影《さつえい》ね。海斗は?」

「僕は一旦《いったん》役者の仕事はお休み。せっかく今回の役で名前を売ったんだから、慌《あわ》てて脇役《わきやく》に出るんじゃなくて冬まで待って主演とか準主演の大きな役をやれっていう指示だよ。だからその間はバラエティもそうだし、役者以外の仕事に手を広げるつもりなんだ」

「そっか。でも、暇《ひま》にしてはもらえないでしょうね」

「うん。有希さんも大量に仕事入れるって宣言してたよ」

僕はそう言ってからふうと息をつき、胸に手を当てた。

そして少し玲奈に近づき、その名前を呼んだ。

「玲奈」

「な、何?」

僕の雰囲気が変わったことを察したのか、玲奈は目をぱちくりさせた。

僕は、ゆっくりと言葉を紡《つむ》いでいく。

「ラストシーンの前、一週間会えなかったときがあったよね。あのとき、僕、たった一週間なのに会いたくてたまらなかったんだ。ちょっとした時にも玲奈のことばかり考えてた」

「え？　そ、そうだったの？」

「うん。それは今日までもそうで、玲奈と会いたい会いたいってそればっかり考えてた。自分がおかしくなっちゃったのかなって思うくらいにさ。でも……共演者じゃなくなった以上、玲奈と会ったり連絡《れんらく》したりする頻度《ひんど》はもちろん減るよね。それが、嫌なんだ。共演者じゃなくなって、約束もなくなるんなら、その代わりにもっともっと近しくいられるような関係になりたい。そう強く思ったんだ」

玲奈は僕の言葉を黙《だま》って聞いてくれた。僕は最後まで話し終わると、改めて玲奈の方へと向き直って、それから決定的な一言を口にした。

「僕、玲奈のことが好きだ」

玲奈は、大袈裟《おおげさ》なほどびくりと肩《かた》を震わせた。

僕は玲奈のことをじっと見つめたまま、更に続けた。

「だから、えっと……僕と、付き合ってくれないかな」

そのときの僕は、極度に緊張していた。人生で一番緊張していたかもしれない。どんな現場で台詞を言うよりも、遥かにドキドキしたし、怖《こわ》かった。初めての告白なのだ。僕は目を瞑《つぶ》り、玲奈の言葉を待った。

だけど、しばらくしても、言葉は返ってこなかった。

僕が目を開けて前を見ると——玲奈は、その瞳《ひとみ》からぼろぼろと涙を零していた。

「あ、あれ？　どうしたの玲奈？」

「び、びっくりしちゃったの！　もちろんこうやって呼び出されて、期待してなかったといえば嘘《うそ》になるけど……それでも！　海斗の口から、その言葉を聞けて、その……」

玲奈は湯気でも出そうなほど赤く染まった顔を手であおぎ、それから、ぐっと僕の手を両手で掴んだ。

「うん、私でよければ……喜んで」

「ほ、本当？」

玲奈は恥《は》ずかしそうにこくりと頷《うなず》いた。

僕たちはじっと見つめ合う。

睨《にら》めっこみたいにお互い言葉を発しないまま、ただ見つめ合っていた。そんな状態がしばらく続いて、耐《た》えられなくなった僕たちはほとんど同時に笑ってしまった。

「何か、まだ信じられない。夢でも見てるみたいね」

「玲奈」

「海斗と再会して、一緒に共演することになって、昔以上に仲良くなって……」

玲奈は大切な思い出を紡ぐように、一言一言を噛《か》みしめるように口にしていった。そしてふうと息をつくと、こちらに視線を向けてきた。

「ね、海斗……その、私たち、今から恋人《こいびと》ってことでいいのかしら」

「い、いいんじゃないかな」

「じゃあ……さっそく、恋人らしいことしたいわ」

「恋人らしいこと？」

聞き返したけれど、玲奈は言葉ではなく仕草でその答えを伝えてきた。

僕は思わず、息を呑《の》む。

玲奈は目を瞑り、そして、ちょこんとその小さな唇をすぼめていたのだ。

「い、いいの？」

玲奈は顔を真っ赤にして、恥ずかしそうに小さく頷いた。

六話と十二話、演技では二度ほどしたけれど。

そのときとは全く違う気分だった。

僕はバクバク鳴り始める胸を手で押さえてから、玲奈の両肩《りょうかた》に手を置き、そしてゆっくりと顔を近づけた。

「んっ……」

そして僕たちは、唇を重ねた。

明久《あきひさ》とあかりではない。海斗と玲奈としての――僕たちの、ファーストキスだった。


（完）

HJ文庫 https://firecross.jp/
1172

天才女優の幼馴染と、キスシーンを演じることになった2

2024年7月1日　初版発行

著者――雨宮むぎ

発行者―松下大介
発行所―株式会社ホビージャパン

〒151-0053
東京都渋谷区代々木2－15－8
電話　03(5304)7604（編集）
　　　03(5304)9112（営業）

印刷所――大日本印刷株式会社
装丁――AFTERGLOW／株式会社エストール

Printed in Japan
ISBN978-4-7986-3579-8　C0193